오늘은 이렇게 보냈습니다

오늘은 이렇게 보냈습니다

무레 요코 지음
손민수 옮김

리스컴

목차

01

플라스틱에 한숨을 쉬다

요즘 나는 생활하면서 되도록이면 플라스틱이 들어간 제품을 사용하지 않으려고 매일 체크한다. 예전에는 대부분 비닐봉지를 썼던 데 비해 요즘은 장볼 때 장바구니를 사용하는 사람들이 많아졌다.

나는 여기서 한발 더 나아가, 설거지할 때 화학 수세미나 스펀지 대신 천연 수세미나 순면 행주를 사용한다. 보관 용기도 예전부터 법랑 제품이나 유리 제품을 사용해왔다. 플라스틱이나 플라스틱으로 만든 부직포도 가능하면 사용하지 않는다. 뭐니 뭐니 해도 가장 안 좋은 건 잠깐 쓰고 버리는 플라스틱이다. 편의점이나 슈퍼마켓에서 사용하는 식품 포장 용기가 대부분 플라스틱이다.

코로나 19로 인해 품귀현상이 일어난 마스크도 상당수는 종이가 아닌 플라스틱으로 만들어졌다. 다만 마스크는 사용 목적을 생각하면 어쩔 수 없다. 마트에서 주는 비닐봉지도 집에서 쓰레기통에 씌워 사용하는 등 여러 번 사용한 뒤에 버리면 그나마 낫다. 가능하면 사용하지 않는 게 가장 좋지만, 슈퍼에 가면 채소들은 대부분 비닐봉지에 들어있고 고기나 생선은 스티로폼 용기에 담겨 랩으로 포장되어있어 어쩔 수 없다. 장바구니를 들고 가면 계산대에서 받는 비닐봉지의 개수는 줄일 수 있을지 몰라도 전체 쓰레기의 양은 별로 줄지 않는다.

재활용하면 된다는 생각에 식품이 담긴 스티로폼 용기나 페트병 등을 부지런히 헹궈서 분리 배출했는데 실제로는 그것들이 모두 재활용되는 건 아니었다. 전에는 일부를 중국으로 수출했는데 중국이 이를 거부한 뒤부터는 동남아 국가로 수출하다가 최근에는 이마저도 불가능해졌다고 한다. 그래서 지금은 분리해서 버리면 모두 재활용되는 줄 알았던 쓰레기가 대부분 쓰레기인 채로 계속 쌓여가고 있다는 것이다.

고기나 생선을 포장했던 랩은 아무리 깨끗이 씻어도 위생상의 문제로 재사용하기는 어렵다. 요즘엔 '비즈왁스'라는 천연 랩이 있어 씻어 쓸 수는 있지만, 이것 역시 고기나 생선 포장했던 걸 재사용할 수는 없다.

친환경 퓨어 플래티넘 실리콘으로 만든 '스타셔'라는 이름의 지퍼백은 크기가 다양해서 고기나 생선을 보관할 때 사용할 수 있다. 다만 이것은 손 세척보다는 식기세척기로 씻을 것을 권장한다. 우리 집에는 식기세척기가 없거니와, 고기나 생선을 담은 뒤에 위생상의 문제가 생기지 않을 만큼 깨끗이 씻을 자신도 없어서 되도록이면 고기나 생선은 한 번 먹을 양만 산다. 그렇다 보니 스타셔 지퍼백은 주로 자른 채소나 과일을 보관하는 데 사용한다. 가끔 스타셔 홈페이지에 올라온 레시피를 보고 간식을 만들어 먹기도 한다. 홈페이지 설명에 따르면 스타셔는 냉장보관은 물론 냉동보관이나 중탕을 해도 되고, 오븐이나 전자레인지에서 사용해도 된다고 하는데 그 점이 정말 획기적인 것 같다.

일본의 전통의상인 기모노를 입을 때 사용하는 도구에도 플라스틱 제품이 늘어나고 있다. 편리하다는 이유로 나도 그동안 잘 써온 것들이다. 옷깃에 넣는 심이나, 허리를 매는 띠, 띠 속에 넣는 쿠션 등도 그렇고, 가만히 생각해보면 신축성 있는 버선이나 버선 커버에도 합성섬유가 사용된다.

가볍고 쿠션감이 좋아서 애용하는 전통 신발 조리의 바닥에는 에바수지와 고무가 사용된다. 에바수지는 불에 태워도 다이옥신이 배출되지 않는다고는 하지만, 나무 재질로 된 전통

신발 게다와는 달리 버릴 때 주의해야 환경을 오염시키지 않는다. 옛사람들의 방식을 따라 기모노를 입는다면 소재가 면이나 종이, 비단뿐이므로 환경에 끼치는 악영향은 없을 것이다.

기모노용 속옷에 주로 사용되는 인견은 환경에 그다지 해를 끼치지 않는 줄 알았다. 그런데 〈탈 플라스틱 생활〉이라는 책에 따르면, 레이온 중 일부는 가공 단계에서 유독성 약제를 사용할 때가 있다고 한다. 어쩌면 이런 식으로 계속해서 파고들다 보면 재료가 괜찮아서 안심했는데 가공 단계에서 문제가 발견되는 원단이 있을지도 모른다. 게다가 합성섬유 소재의 옷은 세탁할 때마다 미세한 플라스틱이 빠져나오는데 그게 분해되지 않고 영원히 바다 위를 떠다닌다고 한다. 이 사실을 알게 된 뒤로는 합성섬유 제품은 최대한 버렸다. 얇고 따뜻해서 한겨울에 자주 입었던, 딱 한 벌 있던 기능성 속옷도 입으면 피부가 가려워져서 그것마저 버렸다.

요즘은 생활 속 탈 플라스틱을 실천하는 사람들이 많아져서 그들이 운영하는 블로그 등을 찾아보며 공부를 하고 있다. 마침 겨울용 긴 팔 내복이 한 벌도 없어서 이를 대신할 옷을 찾고 있던 참에 이중직 거즈 면으로 된 긴 팔 내복을 입는다는 한 블로거가 있어 나도 사서 입어보았다. 부드럽고 촉감이 좋아서 너무 편했다. 아마 합성섬유 제품밖에 입어보지 않은 사람이라면 차이를 못 느낄지 모르지만, 천연소재로 만든 옷을 입으면 몸이 가렵지도 않고 우리 몸이 좋아한다는 걸 알 수 있다. 지난겨울은 다른 해에 비해 따뜻해서 그런지 이 옷만으로 충분했다. 긴 팔 내복 말고도 이중직 거즈로 된 이너웨어의 종류가 많아서 민소매나 반소매 속옷과 함께 입으면 더 따뜻할 것 같다. 요즘은 대부분 기능성 이너웨어를 선호해서 인기가 덜한 울+코튼이나 울+실크 합성 제품인 얇은 이너웨어도 조만간 입어볼 생각이다.

소재뿐 아니라 세탁할 때 나오는 미세 플라스틱에도 신경이 쓰인다. 어떻게 하면 합성섬유인 미세 플라스틱이 나오지 않게 할 수 있을까 고민했는데 문득 세탁물이 담긴 바구니를 보다가 아차 싶었다. 바로 세탁망 때문인데, 이것도 분명 원료가 미세 플라스틱이다. 아무리 입는 옷을 신경 써봤자 이 세탁망을 사용한다면 아무런 의미가 없을 것이다.

"플라스틱 소재는 아니면서 그물 모양으로 된 게 없을까. 그 안에 빨래를 넣고 세탁할 수 있는…"

알아보니 '파타고니아'라는 아웃도어 브랜드에서 내가 생각한 제품을 팔고 있었다. '구피 프렌드 세탁망'이라는 귀여운 이름의 세탁망이었다. 크기는 50×70cm인데 세탁망의 절반만 채워야 한다는 제한이 있다. 가격은 합성섬유 세탁망에 비해 몇 배나 비싼 편이다. 당장 구입해보니 매끈매끈한 촉감의 소재라 그물망이라는 느낌이 들지 않았다. 이게 물에 들어가 세탁망과 같은 효과를 낸다니 상상이 가지 않았다. 상자에 붙어있는 스티커에는 나일론 제품이라는 표시가 있었다.

'웬 나일론?'이란 의문이 들었지만(정확하게 폴리 아미드로 표시된다) 〈탈 플라스틱 생활〉이라는 책에서는 이 소재도 비교적 안전하다고 했고 홈페이지에도 재활용 가능한 소재라고 적혀 있었다. 합성섬유이기는 하지만 세탁할 때 미세 플라스틱 배출량을 줄일 수 있다고 한다면 이게 훨씬 더 낫지 않을까. 파타고니아 홈페이지에 따르면, 같은 합성섬유 소재의 옷을 세탁하더라도 내가 사용하고 있는 일반 세탁기가 드럼 세탁기보다 7배나 많은 합성섬유를 하수로 흘려보낸다고 해서 많이 놀랐다.

나는 정전기가 잘 생기는 체질이라 플리스 소재의 옷이 없지만, 요즘 사람들은 싸고 편리해서인지 플리스로 된 옷을 즐겨 입는 것 같다. 플리스는 페트병을 재활용해서 만들었기 때문에 친환경 의류로 불리는데, 세탁할 때 나온 미세 플라스틱이 하수구로 흘러간다면 재활용의 의미가 없을 것이다. 그래서 이를 방지하기 위해 개발한 것이 이 세탁망인 것 같다.

정말 설명대로 플라스틱이 잘 걸러지는지 궁금해서 100%

천연섬유 제품과 함께 천연섬유와 합성섬유가 혼방된 빨래도 함께 넣어 세탁해보았다. 예컨대 직접 짠 니트 양말에는 내구성을 보완하기 위해 합성섬유가 약간 포함되어있다. 만약 손빨래를 했다면 분명 미세 플라스틱이 나올 터여서 다른 의류와 함께 세탁망에 넣었다. 두근거리는 마음으로 빨래가 끝난 후 세탁기 뚜껑을 열고 세탁망 안을 확인해보았다. 물이 잘 스며들어 깨끗하게 빨래가 잘 됐다.

이 세탁망은 빨래를 끝내고 난 뒤가 더 중요하다. 일반 세탁망은 구멍이 커서 미세 플라스틱을 포함한 섬유 찌꺼기가 망 밖으로 빠져나가지만 이 세탁망은 구멍이 아주 촘촘하기 때문에 섬유 찌꺼기가 빠져나가지 못해 세탁망 안에 그대로 남아있다. 그리고 세탁한 옷에도 달라붙어있어서 눈에 보이는 섬유 찌꺼기는 직접 손으로 떼어내어 휴지통에 버려야 한다. 다행히 내 세탁물에서는 찌꺼기가 소량밖에 나오지 않았다. 플리스 소재였다면 아마 양이 상당했을 것이다. 세탁할 때마다 이런 섬유 찌꺼기가 바다로 흘러갈 걸 생각하면 이 정도의 번거로움은 아무렇지 않다.

솔직히 일상생활 속에서 플라스틱을 완전히 배제하는 건 불가능하다. 우리 집 욕실만 봐도 욕조 자체가 플라스틱이니 할 말이 없다. 우리 집은 오래전에 지은 건물이라 2년 전쯤 집주인이 욕실 인테리어 공사를 해주었는데, 새로 설치한 세면대가 온통 플라스틱인 제품이었다. 물론 수리해준 건 감사한 일이지만 실망스러웠다. 낡긴 했어도 도기로 된 작은 세면대가 그립다.

플라스틱이 있기 때문에 위생 면에서 혜택을 누리며 깨끗한 삶을 유지할 수 있는 건 부정할 수 없는 사실이다. 플라스틱으로 만들어졌어도 부서지지만 않는다면 플라스틱이 강이나 바다로 흘러 들어갈 가능성도 희박하다. 그러나 평소 당연한 듯 사용하고 당연한 듯 버리는 플라스틱에 대해서는 생각해볼 필요가 있을 것이다. 일상적으로 너무 흔하게 사용되고 있어서 플라스틱이 아닌 제품을 구입하는 게 오히려 더 어렵기 때문이다.

요즘은 과잉포장을 줄이기 위해 내용물만 따로 무게를 재서 파는 가게들이 조금씩 늘어나고 있다. 아직 우리 동네에는 없지만 의외로 지방에는 많이 있는 것 같다. 전통 방식 그대로 판매하고 있는 가게도 있는가 하면, 주인이 탈 플라스틱에 관심이 있는 건지 식자재의 무게를 달아 판매하는 가게도 생겼다. 도쿄 중심가에도 그런 가게가 몇 있는데, 세련된 분위기인 데다 장소도 시내 중심가에 있어 지역이나 생활에 뿌리내린 느낌은 들지 않는다. 하지만 그런 가게도 없는 것보다는 있는 편이 훨씬 낫고, 그렇게 꾸며야 젊은 사람들에게 어필하기 쉬울 지도 모른다.

나는 성격상 날카롭게 신경을 곤두세우며 기를 쓰고 지키는 스타일은 아니다. 내가 할 수 있는 범위 내에서 플라스틱 사용량을 줄이고, 그로 인한 약간의 불편함을 즐기는 정도다. 하지만 플라스틱이나 과잉포장이 생활 속에 끊임없이 침투해오는 걸 보면 이젠 한숨이 나온다. 예를 들어, 먹고 싶은 것이 있어도 낱개 포장되어있으면 '이걸 사면 또 얼마나 많은 플라스틱 쓰레기가 나올까'라는 생각에 사지 않을 때도 많다. 위생 때문인지 요즘 낱개로 포장된 제품이 유난히 많아진 것 같다. 포장을 간단히 하면 식품 유통 중 변질될 수 있으니 판매자 입장에서는 이로 인한 식품 손실을 줄이기 위해 어쩔 수 없는 것 같기도 하다.

아무리 신경 써도 플라스틱 사용이나 과잉포장을 피할 수 없다는 게 요즘 내 고민 중 하나다. 고기나 생선만 하더라도 스티로폼 용기에 담겨 있지 않은 걸 사려면 지하철을 타고 백화점 지하의 신선식품 매장까지 가야 한다. 신선한 고기나 생선을 팔던 동네 가게가 문을 닫았기 때문이다. 매일매일 그렇게 직접 사러 가면 참 좋겠지만 현실적으로는 불가능하다.

탈 플라스틱 생활을 실천하고 있는 사람들의 블로그 중에, '소수의 사람만이 완벽하게 탈 플라스틱 생활을 실천하는 것보다 불완전하더라도 더 많은 사람들이 생활 속 탈 플라스틱을 실천하는 것이 훨씬 더 효과적이다'라는 내용의 글을 읽은 적이 있다. '나 혼자 아무리 노력해도 소용없는 게 아닐까' 싶던 참이었는데 그 글을 읽고 '나처럼 이렇게 하는 것도 괜찮구나'라는 생각에 마음이 편해졌다. 앞으로도 지금처럼 조금씩 생활 속 탈 플라스틱을 실천하려고 한다.

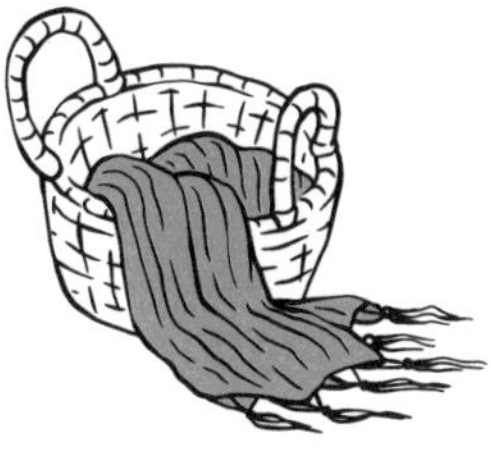

02

뜨개질을 다시 시작하다

온라인 중고서점을 둘러보다가 나도 모르게 소리를 질렀다. 내가 초등학생 때 집에 있던 뜨개질 책, 정확히는 여성 잡지 부록이 스무 권 정도 판매되고 있었다. 그중 두 권은 나도 읽어본 적이 있는 것이다. 예전에 뜨개질에 관련된 책을 출판할 때, 엄마가 보시던 잡지의 뜨개질 부록을 모두 넣고 싶었는데 대부분 처분해 버려서 아쉬웠던 적이 있다. 그중 가장 기억에 남았던 부록이 사이트에 올라와 있던 것이다. 가격도 비싸지 않고 합리적이어서 바로 주문했다.

주문한 책은 1965년과 1966년에 나온 〈주부의 벗〉 특대호 부록이다. 1964년부터 3년간은 우리 집 역사상 가장 잘살았던 시절인데, 그때 우리는 지극히 평범한 일본식 주택에서 멋진 양옥집으로 이사해서 살았다. 참고로 그 집은 〈주부의 벗〉을 출판하는 잡지사 임원의 소유였다. 엄마는 이사 전에는 〈주부와 생활〉, 〈부인 생활〉이라는 여성잡지를 구입해서 보시곤 했다. 정기 구독한 건 아니고 관심 있는 기사가 있을 때마다 샀던 것 같다. 그러나 이사한 뒤로는 집주인 눈치를 보시느라 그런 건지 〈주부의 벗〉을 매달 정기 구독했고, 멋진 집에 살면서 상류층 생활에 동경이 생기셨는지 〈미세스〉라는 잡지를 구독하기도 했다. 〈미세스〉는 부록도 없고, 뜨개질 스타일도 기존에 구독하던 여성잡지에 나온 것들과는 좀 달랐다. 기존의 잡지에는 실용적인 분위기의 옷들이 많았는데 〈미세스〉의 뜨개질 도안은 패션에 초점을 맞춘 화려한 옷들 위주여서 나도 즐겨 보았다.

당시의 뜨개질 책에는 니트 옷을 풀어서 모은 털실을 재사용하는 방법이나 니트에 생긴 구멍을 멋스럽게 수선하는 방법, 뜨고 남은 털실을 활용하는 방법 등이 항상 부록으로 실렸다. 우리 엄마뿐 아니라 비슷한 연배의 뜨개질을 하던 어머니들이 대부분 그렇겠지만 스웨터 팔꿈치에 구멍이 나거나 낡으면 그 옷을 풀어서 실타래를 만들고, 가늘어진 실은 새 털실과 함께 꼬아서 다시 뜨개질하곤 했다. 낡은 스웨터는 새 카디건으로 다시 태어났고, 그것도 낡고 해지면 마지막에는 엄마의 겨울철 방한용 속바지가 되었다.

초등학교 때쯤에는 엄마한테서 뜨개질을 배워 장갑 정도는 혼자서 뜰 수 있었다. 내가 뜨개질 책 부록을 보고 있으면 어느새 엄마가 옆으로 다가와 말했다.

“이 디자인은 모델이 이렇게 날씬한데도 뚱뚱해 보이네? 모델이 입어도 이 정도면 엄마가 입으면 얼마나 뚱뚱해 보일까? 이건 만들지 말아야겠어”

나와 달리 엄마는 근육질에 마른 체형이었는데도 뚱뚱해 보이지 않을까 늘 신경 쓰는 것 같았다.

어느 해인가 유난히 뜨개질에 대한 열정이 가득해져서 엄마는 잡지 부록을 보고 여러 벌의 옷을 만들었다. 아버지께는 스웨터와 카디건을, 나와 동생한테는 스웨터와 조끼를 만들어주셨다.

나도 직접 해보려고 초록색 털실을 이용해 코바늘뜨기로 스웨터를 떠보았다. 그해 여름에 여름용 실로 민소매 블라우스를 떠보긴 했지만 겨울용 스웨터는 처음이었다. 학교에서 돌아오면 공부도 안 하고 계속 스웨터만 떴다. 열흘 정도 걸려 완성했는데 아직 능숙하지 않아서 코도 엉성하고 입어보니 밑으로 늘어진 느낌이었다. 할머니라면 그것도 나름 멋으로 보일지 모르지만 초등학생인 내가 입기에는 너무 이상했다. 거울

속 내 모습을 보자마자 스웨터가 싫어져서 방구석에 내던져 두었다. 대바늘뜨기보다는 빨리 뜰 수 있다고 하길래 코바늘뜨기를 선택했는데 그것도 실수였다. 볼륨감이 있어서 더 뚱뚱해 보였다. 더구나 두껍고 빳빳해서 몸에 붙지 않아 마치 검도 보호구를 차고 있는 듯한 모습이었다.

“이거 떠보고 싶어요, 털실 좀 사주세요”라고 내가 말했을 때, “그거 좀 뚱뚱해 보일 것 같은데”라고 한 마디만 해줬더라면 좋았을 텐데, 엄마는 “응, 그래”라고 대답했을 뿐이다. 자신은 뚱뚱해 보이는 걸 그렇게 싫어하면서 딸은 뚱뚱해 보여도 상관없다는 건가 싶어서 화가 났다.

이런 나에게 엄마는 학교 때 배운 도덕 교과서 이야기를 해주었다. 공 모양으로 엉켜 있는 실을 몇 시간에 걸쳐 공들여 풀어낸 사람의 이야기다.

“그런 식으로 모든 일에는 정성을 기울여야 한단다. 옷을 풀면 다시 뜰 수 있으니까 풀어서 다시 한번 떠보렴”

엄마는 늘 이렇게 말했다. 내가 무언가를 하다가 도중에 내팽개치면 어김없이 나오는 그 ‘털실 푸는 사람’ 이야기다. 귀차니스트인 나는 ‘털실 푸는 사람’ 이야기를 귀에 딱지가 생기도록 들었던 탓에 ‘아, 또 그 얘기네’라며 진절머리를 쳤다. 하지만 지금 생각해보면 여러 번 그 얘기를 하게 만든 건 나였고,

그런 나를 포기하지 않고 끈기 있게 설득한 훌륭한 사람이 엄마였는데 그런 엄마가 나에게는 그저 짜증 나는 사람으로 여겨졌다.

한 번은 "엉킨 부분을 그냥 잘라서 잇는 게 빠르지 않나?"라고 말대꾸했다가 엄청 혼난 적이 있다. 그래서 이번에는 아무 대꾸도 하지 않았다.

아무래도 모녀간에 타협점을 찾아야겠다는 생각이 들어 엄마에게 말했다.

"어쨌든 난 다시 뜨고 싶은 생각이 없어. 풀어서 털실 뭉치로 만들어둘 테니 엄마가 그걸로 뭐든 떠봐요"

엄마는 이해가 되지 않는다는 표정을 지으며 나직이 한마디 했다.

"어쩔 수 없지 뭐"

뜰 때는 그렇게 손이 많이 갔는데 풀 때는 왜 이렇게 쉽게 풀리는 건지, 10분도 안 돼서 엉성했던 스웨터는 털실 뭉치로 바뀌었다.

털실 뭉치를 엄마께 드렸더니 투덜거리며 받아들었다.

"정말 참…"

나중에 엄마는 남은 실과 함께 모티브 뜨개질로 집에서 입는 방한용 롱스커트를 만들었다.

잡지를 넘기다 보니 어릴 적 추억들이 새록새록 떠올라 뜨개질이 너무나도 하고 싶어졌다.

최근 10년 동안에는 입을 옷을 뜨거나 하지 않았다. 10년 전, 엄마가 병으로 쓰러져서 정신이 없던 와중에 그해 가을에는 내 몸 상태도 나빠졌다. 자주 가는 한의원에 갔더니 의사 선생님이 말했다.

"낮이든 밤이든 쉴 수 있는 시간을 가져야 건강이 회복되시죠. 지금처럼 낮에도 일하고 밤에도 뜨개질하고 그러면 안 돼요. 낮에 일하셨으면 밤에는 푹 쉬셔야 해요."

그전까지는 낮에 일을 하고도 밤에 뜨개질을 하거나 독서를 하곤 했는데 이제는 그렇게 하지 말라는 것이다.

처음에는 의사 선생님의 충고를 따르려고 했다. 눈앞에 털실이 있으면 뜨고 싶어질 것 같아 집에 있는 털실을 모두 자선단체에 기증했다. 그런데 건강이 회복되자 또 다시 뜨개질이 하고 싶어졌다. 소품부터 시작해서 치와와를 키우는 지인의 부탁으로 강아지용 스웨터를 공짜로 떠주기도 했다. 강아지 옷은 작아서 금세 뜰 수 있었다. 내 옷을 뜰 때는 시도하지 않았던 복잡한 무늬나 프릴이 달린 디자인을 넣어보고, 엄두도 내지 못 했던 핫핑크나 빨간색 뜨개실을 사용하기도 해서 너무 즐거웠다. 그렇게 열 벌 이상은 만든 것 같다.

한참 뜨다 보니 내 옷도 뜨고 싶어졌다. 코바늘뜨기로 성기게 뜨는 여름옷이라면 금방 만들 수 있을 것 같았다. 책에 나온 그대로 따라 했더니 나름 귀여운 옷이 완성되었다. 다 뜨고 나서 몸에 대보니 상상한 모습이 아니었다. 책에서 봤을 때는 이 정도 디자인이라면 나도 소화할 수 있을 것 같았는데 전혀 어울리지 않았다. 다시 풀기엔 아까워서 자선단체에 기증했다. 젊은 사람이라면 소화할 수 있을 것 같아서다.

모험을 하다가 실패했으니 시간이 오래 걸리는 뜨개질은 잠시 접기로 하고 단시간에 뜰 수 있는 게 뭐 있을까 고민하다 양말을 뜨기로 했다. 옛날에 봤던 여성잡지 부록에는 양말, 내의, 속바지 등 니트로 된 속옷류 뜨는 방법이 항상 실려있었다. 그러다 손뜨개 옷만큼이나 따뜻하면서도 수고를 들이지 않아도 되는 기성품이 판매되기 시작하면서 그런 종류의 뜨개질 도안은 점차 사라졌다.

그 당시에도 국산 양말용 뜨개실은 거의 없었다. 하지만 해외에는 양말만 뜨는 '양말 니터'라는 사람들이 있었는데 그들의 작품이 무척 예뻤다. 일본처럼 실용성만 추구하는 것이 아니라 색상과 무늬가 세련되고 사랑스러웠다. 나도 따라서 울 100%인 실로 양말을 떴는데 금세 구멍이 나버렸다. 내구성을 보완하려고 울에 레이스 면실을 꼬아서 뜨기도 했지만 완성된 모양이 마음에 들지 않아 결국 양말 뜨기는 멀리하게 되었다. 그러다 수입 실 중 양말용 뜨개실이 있다는 걸 알았다. 당장 사서 떠본 뒤로는 양말 뜨기에 푹 빠졌다.

양말용 뜨개실은 단색도 있지만 대부분은 그러데이션이나 알록달록한 색상이라 메리야스뜨기로 계속 뜨다 보면 색이 변해가는 걸 보는 재미가 있다. 3일 정도면 완성된다는 점도 마음에 들었다. 뜨개실이 모두 원색인 데다 디자인이 화려해 보이긴 하지만 집에서 신을 거니까 이 정도는 괜찮지 않을까 싶었다. 다만 나는 조금 느슨하게 뜨는 편이라 신으면 헐렁해진다는 게 문제였다. 세탁을 하면 다시 원래 상태에 가깝게 줄어들겠지만 자주 세탁하다 보면 아무래도 늘어나게 되지 않을까 걱정됐다.

그래서 되도록이면 가는 바늘로 빽빽하게 뜨려고 했는데 견본보다 코를 줄이지 않으면 뜨개질 도안대로 만들어지지 않았다. 양말용 뜨개실이 워낙 가늘어서 국산 바늘 중 가장 가는 0호 바늘을 사용하는데도 여전히 느슨해져서 어쩔 수 없이 0호 이하의 수입 바늘을 구입해야 했다. 책에 나와 있는 코 수나 사이즈가 그 뜨개실에 가장 적합한 것이라 생각하기 때문에 가능하면 책에 나온 코 수대로 뜨고 싶었다.

양말을 여러 켤레 떠서 손에 익게 되자 다시 옷을 떠보고 싶어졌다. 하지만 뜨개질 책도 뜨개실과 함께 다 처분해 버려서 남아있는 게 없었다. 할 수 없이 서점에 가서 눈에 띄는 책을 사 왔다. 책을 읽다 보니 이번 겨울에 입어보고 싶은 옷들이 많아졌다. 어느새 노안이 온 데다 집중력도 떨어졌지만 그럼에도 뜨개질을 하고 싶다.

요즘은 겨울이 따뜻해서 예전처럼 두꺼운 스웨터보다는 얇아서 여러 벌 겹쳐 입을 수 있는 옷이 더 편하다. 내 체형도 젊을 때와는 달라졌으니 어울리는 옷도 달라졌을 것이다. 옛날에 만든 뜨개질 패턴도 다시 그리는 게 좋을 것 같다. 뜨개질할 옷의 도안을 잘못 그리면 만드느라 소비한 시간이 모두 낭비가 된다. 나처럼 나이든 사람은 누구보다 1분 1초가 소중하다. 잘못 판단해 어울리지 않는 옷을 만드는 일은 다시 해서는 안 된다. 그러기 위해선 거울 속 내 모습을 잘 봐둬야 한다.

그렇게 마음에 새기며 올가을부터 겨울까지 입을 세 벌의 스웨터와 여름에 겉옷 안에 입을 민소매 니트 한 벌을 뜰 수 있는 정도의 실을 샀다. 이번에 뜨려는 것들은 디자인이 모두 심플한데, 뜨는 방법이 좀 복잡하긴 해도 튀는 스타일은 아니라 실패하지 않을 것 같다.

하지만 일에 많은 시간을 할애하다 보니 하루 종일 뜨개질을 할 수가 없다. 대신 일정표를 보며 '이때까지는 여름 니트 다섯 벌 정도는 뜰 수 있겠지?', '고무뜨기로 하면 겨울 스웨터의 소매까지는 뜰 수 있겠지?' 하면서 마음 편히 뜨개질하게 될 날을 상상하곤 한다. 그것만으로는 만족이 되지 않아 방 한구석의 종이 쇼핑백 안에서 발견한 남은 양말용 뜨개실을 모아 일하는 틈틈이 매일 하루 30분 정도씩 양말을 뜨고 있다.

03

아름다운 사진을 보며 위안을 얻다

코로나 전에는 거의 매일 서점에 들러서 책을 사 오곤 했다. 때로는 책이 너무 무거워 구입을 망설일 때도 있었는데, 요즘은 온라인 구매로 집에서 택배를 받을 수 있어서 책의 무게 때문에 못 사는 문제는 없어졌다. 다만 한 번에 구매해도 되는 책값의 한도를 내 나름대로 정해두었기 때문에 한도 초과로 사지 못할 때도 있다. 이런 식으로 사지 못한 책들이 쌓여가다 보면 결국 1년에 한 번씩 폭발하는 날이 오고야 만다.

오늘은 꼭 사겠다고 큰맘 먹고 온라인 서점에서 책을 검색한 뒤 장바구니에 넣기까지 무사히 마치고 나면 왠지 모를 성취감이 든다. 가격이 비싼 책은 보통 인쇄 부수가 적기 때문에 발행일이 좀 지나면 품절되는 경우가 있다. 이런 책들은 나중에 사고 싶어도 못 살 때가 많다. 중고서점에서 발견할 수도 있지만 정가보다 비싼 경우도 있어서 구입해야 하는 적당한 시기를 가늠하기 어렵다.

대형 사진집은 가격이 비싼 편이고 너무 커서 자리도 많이 차지한다. 그래서 사서 여러 번 실컷 본 다음 좋아할 만한 친구에게 준다. 지금 집에는 누군가에게 주기엔 아까운 것들만 남았는데 그리 많지는 않다. 코로나로 나라 안팎이 시끄러운 요즘에는 저녁 식사를 하고 난 뒤 사진이나 그림이 많은 책을 보는 게 마음이 편해서 사진집을 펼쳐보는 횟수가 아주 많아졌다.

그중 한 권이 우시오다 도쿠코의 사진집 〈냉장고〉다. 이 사진작가를 알게 된 건 그녀가 남편 시마오 신조와 함께 쓴 〈중국생활기행〉을 보고 난 뒤부터였다. 당시 나는 홍콩이나 마카오, 중국 등에 관심이 많아서 그 나라 사진을 보거나 에세이를 흥미롭게 반복해서 읽곤 했다. 시마오 작가의 흑백사진과 에세이가 담긴 〈생활〉도 내가 좋아하는 책이다. 몇 번을 읽었는지 모를 정도다. 사진 속에 등장하는 귀여운 여자아이가 훗날 시마오 마호라는 만화가로 활동하고 있는 것도 감회가 새롭다. 당연히 그녀의 만화 〈고리코〉도 구매했다.

간행 당시에는 지금처럼 인터넷으로 책을 쉽게 검색할 수 있는 상황이 아니었다. 그럼에도 나는 일반 서점에서 흔히 볼 수 없는 책도 잘 찾아낸다고 자부하고 있었는데 〈냉장고〉라는 책의 존재는 한참 뒤에 알았다.

내가 왜 이 책에 관심이 있는가 하면, 어릴 때 나는 남의 집 냉장고에 흥미가 있었기 때문이다. 식탐이 유난히 많았다든가 그런 건 아니다. 냉장고 안의 음식을 몰래 꺼내 먹으려는 생각은 눈곱만큼도 없었다. 단지 저 부엌의, 저 문 안에는 도대체 무엇이 들어있는지 그게 너무나 궁금해서 문을 열고 안에 들어있는 걸 보고 싶었을 뿐이다. 그래서 친구 집에 가면 항상 냉장고 문을 열고 확인했다. 아무리 내게 악의가 없다 하더라도 집에 놀러 온 딸의 친구가 인사하자마자 느닷없이 부엌으로 가더니 허락도 없이 냉장고 문을 열어본다면 친구 부모는 분명 깜짝 놀랄 것이다. 어른이 된 지금은 그게 예의 없는 행동이라는 걸 알지만 대여섯 살 아이였던 나는 남의 물건을 훔친 것도 아니고 만져서 상처를 입힌 것도 아닌, 그냥 냉장고 문을 열고 구경한 뒤에 닫기만 한 거라 죄책감이 전혀 없었다.

친구들 집에 갈 때마다 그랬으니 나의 이런 행동이 부모님 귀에 들어가게 되었고, "무슨 짓을 하고 다니는 거냐"고 호되게 야단을 맞았다. 그러나 나는 나쁜 짓이라는 의식이 전혀 없었기 때문에 울지 않았다. '그래? 그렇다면 이제 그만해야겠네'라고 생각하는 정도였다. 부모님은 반성의 기미도 보이지 않고 아무렇지 않은 듯 행동하는 나를 보며 화를 냈다. 그날 이후 친구 집 냉장고는 더 이상 열어보지 않았고 아무 일 없이 이 문제는 마무리되었다.

마흔이 넘은 어느 날 친구에게 그 이야기를 꺼냈더니, 친구는 네가 그런 아이였냐며 어이없어하며 웃었다.

"다들 그런 행동 하지 않아?"

"네가 특이한 거지. 보통은 안 그래"

친구는 이렇게 대답하며 또 웃었다.

오랜만에 〈냉장고〉 책의 띠지를 보니 '냉장고 안을 들여다보는 행위란 타인에게는 보여주지 않는 무언가를 들여다보는 것과 같다'라는 표현이 있었다.

이 문장을 보니 이해가 됐다. 그러나 금지된 것일수록 흥미가 당기는 건 나 또한 저자와 마찬가지라 동질감을 느끼며 사진집을 구입했던 것이다. 당시 일반 단행본 가격의 네 배나 되는 화보집을 구입하는 데는 상당히 큰 용기가 필요했다. 하지만 나와 같은 생각을 하고 게다가 내가 진심으로 좋아하는 작가의 책이었기 때문에 사지 않을 수 없었다.

사진집 속 집들은 한 곳을 제외하면 대부분 도쿄나 근교에 위치했다. 이 책을 보면 집집마다 식재료를 어떻게 수납하고 있는지 엿볼 수 있다. 사진을 바라보며 나는 남의 집 냉장고를 왜 그리 열어보고 싶어 했는지 생각해보았다. 어쩌면 그때의 나는 어린아이였으니 안에 들어있는 내용물보다는 단순히 문을 여닫는 행위 자체가 좋았던 건지도 모른다. 어린아이의 힘으로 열 수 있는 문이라고 해봤자 고작해야 냉장고 정도일 텐데, 우리 집 냉장고를 여닫는 건 이미 재미없어져서 어느 집에 가든 항상 있기 마련인, 어린아이도 쉽게 열 수 있는 냉장고 문을 열고 싶었던 건지도 모른다. 만약 그 안에 목표로 하는 뭔가가 있었던 거라면 지금도 선명하게 기억하고 있을 텐데 냉장고를 열었다가 혼난 기억은 있지만 그 안에 뭐가 들어있었는지는 전혀 기억나지 않는다. 내 이야기를 듣고 웃었던 친구가 이렇게 말한 건 기억이 난다.

"우리 집 냉장고는 마음껏 열어봐도 돼"

같은 저자의 작품인 비블리오테카 시리즈 〈책이 있는 풍경〉도 큰맘 먹고 구입한 책 중 한 권이다. 이 사진집에는 생명이 다한 책, 쌓여있는 책, 구겨진 책 등 다양한 모습의 책이 담겨 있다. 서양 책도 있고 일본 책도 있고 크기가 아주 작은 책도 등장한다. 책 주인의 삶과 함께한 책들의 사진이다. 서점에 단정하게 진열된 깨끗한 책뿐만 아니라 누군가에게 읽혀서 더러워지고 찢어지고 해어질 때까지 사용된 책, 아무렇게나 방치된 책들도 있다. 그야말로 책들의 일생을 기록한 화보집이라 할 수 있다. 사진 중에는 사전도 있는데 저자는 이런 표현을 쓴다.

'어릴 때부터 사전 찾는 습관을 들이면 공부에 도움이 되는데 그렇게 오랫동안 사용한 사전은 마치 브로콜리 송이와도 같다.'

무슨 뜻인가 하면, 사전에서 단어를 찾으면 반드시 그 페이지에 포스트잇을 붙여놓기 때문에, 시간이 지나면 포스트잇 붙인 페이지가 두툼해져서 옆에서 보면 마치 활짝 핀 브로콜리처럼 보인다는 것이다.

사진집 속 사전을 바라보았다. 사전의 겉면은 찢어져 테이프로 덕지덕지 도배되어있고 책의 옆면은 어린아이의 삐뚤빼뚤한 글씨로 '국어사전'이라 쓰여 있다. 누군가가 이렇게 낡을 때까지 사용해준다면 사전으로 태어나서 행복할 것 같다.

그 밖에 이런 사진도 있다. 거의 정리정돈이 되어있지 않은 엄청난 양의 책 속에 파묻혀 있는 중고서점 주인의 모습이다. 책을 좋아하지 않는 사람이 본다면 이게 뭔가 싶겠지만 책을 좋아하는 사람 눈에는 이해할 수 있는 풍경이라 절로 고개가 끄덕여질 것이다.

마치 마법사의 주문이라도 적혀 있는 듯한 좀 먹은 자국이 가득한 페이지를 비롯해 도저히 글자를 읽을 수 없을 만큼 더

럽혀진 책도 있다. 마카오의 한 흰개미 구제업체 매장에 놓인, 흰개미의 피해가 얼마나 무서운지 알려주려고 놓아두었다는 벌레 먹은 책 뭉치 사진은 그야말로 충격적이다. 책이라는 생각은 전혀 들지 않고 마치 커다란 용암 같다.

책은 놓인 장소에 따라 그곳 특유의 냄새가 있고 같은 책이라도 누가 갖고 있느냐에 따라 냄새가 달라진다. 각각의 사진들에서 곰팡이나 먼지 냄새가 풍겨오는 것 같다. 방 한쪽 평상에 옛날 안마기와 함께 쌓여있던 장서는 내 기억 속에 남아있는 어린 시절의 풍경이기도 하다. 이런 느낌은 전자책으로는 절대로 전달되지 않을 것이다.

큰맘 먹고 구입한 또 한 권의 책은 시인 다카하시 무쓰오의 사진집 〈아름다운 곳들〉이다. 온라인 서점 사이트를 통해 사전 예약을 했는데 당초 예정보다 몇 번이나 연기되더니 얼마 뒤 발행일이 미정이니 주문을 취소해달라는 연락이 왔다. 혹시 무슨 사정이 생겨서 발매 자체가 안 되는 건 아닌지 걱정했는데 다른 사이트에서는 접수를 받고 있다는 걸 알고 그곳에서 다시 예약을 했다. 다소 기다리긴 했지만 무사히 책을 구입할 수 있어서 안심했다.

꽤 오래전 일인데 두툼한 외국 사진집에서 다카하시 무쓰오의 서재 사진을 본 적이 있다. 튼튼한 목조로 된 실내에는 바닥부터 천장까지 벽면 한가득 책이 빽빽이 채워져 있었고 가구나 장식품들이 고급스러워 보였다. 내가 꿈꾸던 딱 그런 방이었다. 이번에 새로 구입한 책에도 실내 사진이 많이 들어있다고 하는데 예전에 본 서재 사진 속 집과 이번 사진집에 나온 자택이 같은 곳인지는 잘 모르겠다. 저자가 어떤 주택에 살고 있는지 너무 궁금했다. 사진을 찍은 사람이 내가 좋아하는 사진작가 사와타리 하지메라는 점도 마음에 들었다.

택배 박스를 열어보니 단아하고 아름다운 상자 안에 책이 들어있었다. 광고지 한 장이 띠지에 끼워져 있었고, 가로 7cm, 세로 10cm 정도의 컬러 사진 9점이 인쇄되어있었다. 그걸 본 순간 나도 모르게 넋을 잃고 빤히 바라보았다. 아름답다는 말밖에는 할 말이 없었다. 단아한 방의 정경, 튤립·모란·백합이 피어있는 정원, 작은 탁자 위에 놓인 꽃병과 꽃, 창문에 걸려있는 얇은 천. 그리고 수제 과일 케이크와 뱅쇼도 너무 맛있어 보였다. 곳곳에 세월의 흔적이 엿보이는 아름다운 모습들이 넘쳐났다.

이 집의 마당과 실내를 직접 꾸민 건축가의 글에 따르면, 지은 지 약 100년이 조금 안 된 이 집은 수리한 지 얼마 되지 않았음에도 집을 살펴본 결과 대규모 복구공사가 필요한 상태였다고 한다. 복구할 때는 가능한 한 옛 재료들을 사용했다고 한다.

취향에 맞는 집을 찾아낸 것이 아니라 시간과 사람의 손길을 거쳐 이렇게 아름다운 집이 완성된 것이다. 그러면서 그는 이런 말을 덧붙였다. 아직 이 집은 미완성이라고.

이 집에는 편리하고 수명이 긴 LED 조명 같은 건 어디에도 없다. 옛날 전구와 촛불, 꽃과 초록빛이 가득한 마당에는 양철 물뿌리개가 있을 뿐이다. 과도한 조명도 없다. 분명 어딘가에 존재하고 있지만 나에게는 도저히 손이 닿지 않는 꿈만 같은 집. '울타리에 개 배설물을 버리지 말아주세요'라는 저자의 손글씨 표지판이 이 집이 현실 속에 존재하는 집이라는 사실을 알려준다.

코로나 바이러스와 싸운다거나 외출을 자제한다거나 코로나 생활지원금을 얼마간 받을 수 있다는 등의 이야기들은 내 머리를 아프게 한다. 분명 지금이 힘든 상황인 것만은 사실이다. 하지만 그럼에도 불구하고 마음의 여유만큼은 잃고 싶지 않다. 이런 메마른 현실을 잊게 해주는 아름다운 사진을 몇 번이고 반복해서 바라보며 마음의 안정을 취하고 싶다.

04

손바느질로 마스크를 만들다

코로나가 좀처럼 사그라들 기미가 보이지 않을 때였다. 일주일에 한 번씩 한의원에 가서 한약을 받아오고 돌아오는 길에 식료품을 사 오는 것 외에는 가능하면 외출을 자제했다. 그 밖에는 예전과 마찬가지로 집에서 일을 하며 필요 없어진 물건들을 정리하거나 집안일을 하며 지냈다.

코로나가 한창 기승을 부리던 시기에는 대형 매장들도 일찍 문을 닫곤 했는데, 그때 키보드를 두드리다가 문득 이런 생각이 들었다. 매장이 문을 열지 않아도 필요한 건 인터넷으로 구매하면 된다고들 하지만, 솔직히 살아가는 데 꼭 필요한 것만 사도 되지 않을까. 생각해보면 한약도 안 먹는다고 생명에 지장이 있는 건 아니지 않은가.

식료품도 일주일에 한 번씩만 사도 충분히 살아갈 수 있다는 걸 새삼 깨달았다. 집에서 입는 옷이나 속옷도 매일 갈아입어도 부족하지 않을 만큼 가지고 있다. 부족하기는커녕 정리하다 보면 '이런 것도 있었나' 싶을 만큼 모르는 옷들도 나온다. 그러다 문득 '그동안 난 도대체 뭘 샀던 것일까?'라는 의문이 들었다.

책장 정리를 하다 보니 읽지 않은 책들이 여러 권 나왔다. 지금 그 책들을 읽고 있다. 월세나 공과금, 일주일에 한 번씩 사는 한약값과 식료품비 그리고 고양이 사료값은 필수 생활비다. 그 정도 소비만으로 몇 주 동안 생활하는 데 아무런 문제가 없었다. 코로나 전에는 월말이 되면 항상 통장에서 큰 금액이 빠져나가 잔액이 줄어있었다. 나는 매달 일정 금액을 현금으로 찾아 지갑에 넣어두고 쓰는데, 예전에는 쓰다 보면 돈이 떨어져서 또 현금을 인출하러 간 적도 있었다.

하지만 지금은 다르다. 지갑에 현금이 남아있다. 예전 생활과 달라진 게 거의 없다고 생각했는데 그렇지 않은 듯하다. 돈이 남아있다는 건 당연히 물건을 사지 않았다는 의미다. 코로나로 문을 열지 않거나 일찍 문을 닫는 가게가 생겨서 물건을 살 수 없었던 적도 많았다. 나는 늘 필요한 물건만 구입한다고 생각하며 살았는데 예전보다 소비가 줄어도 생활에 지장이 없는 걸 보면 그렇게 꼭 필요한 물건만 샀던 건 아니었을지도 모른다.

예를 들어 주방용품만 봐도 그렇다. 필요한 도구는 이미 다 갖추었는데도 '이게 있으면 더 편할 것 같아'라며 조리용 실리콘 스푼을 산 적이 있다. 부담 없는 가격이다 보니 지갑을 열 때 신중하게 고민하거나 하지 않는다. 새로운 조리도구를 샀기 때문에 원래부터 있던 집게는 서랍에 넣어두고 쓰지 않게 된다. 조리용 스푼은 음식을 담을 때는 편리하지만 음식을 집기에는 불편하다. 그럴 때는 집게가 유용하지만 서랍에서 다시 꺼내기 귀찮아서 긴 나무젓가락과 조리용 스푼으로 집는다. 그럼 집게는 필요 없는가 하면 그렇지 않다. 생선 구울 때는 긴 나무젓가락보다는 집게가 편리하다.

이런 식으로 하나둘씩 늘어나서 주방 서랍에 들어있는 조리도구를 모두 꺼내보면 '어머나, 이렇게나 많다니' 하며 놀라게 된다. 밥 짓는 냄비도 크기별로 갖추고 있으면 좋기는 하겠지만 용도가 같은 냄비를 두 개씩이나 가지고 있을 필요가 있을까. 프라이팬도 코팅 유무에 따라 두 종류나 필요한지 의문이다. 왜 이런 일이 벌어졌는가 하면 좀 더 편할 것 같다는 생각에 자꾸 샀기 때문이다.

그래서 되도록이면 친환경 소재의 도구만 사용하자거나 하는 식으로 내 나름의 기준을 정해 실리콘 스푼은 처분했다. 대신 나무 주걱을 사용하고 있는데 너무 납작해서 요리를 담을 때도 불편하고 긴 나무젓가락과 같이 써도 미끄러워서 사용하기 불편하다. 하루는 나무 주걱을 불에 달궈진 삼발이에 떨어뜨려 태우는 실수를 저지른 적도 있다. 그래도 약간의 불편함은 있지만 조금만 더 이대로 살아보려 한다.

코로나로 인한 외출 자제 기간 중 정부는 '코로나 시대의 새로운 생활방식'이라는 정부 지침을 발표했다. '스마트 라이프'라는 신조어를 사용해 식사할 때는 음식에 집중하고 이야기는 자제하라는 내용까지 들어있었다. 이게 무슨 구시대적 발상인가 싶어 한마디 하고 싶을 정도였다. 정부 지침이라서가 아니라 내가 코로나 바이러스에 감염되었는지 아닌지 알 수 없기에 남에게 피해를 주지 않으려고 마스크를 쓰고 다니는 것인데 식사 태도까지 이러쿵저러쿵 지시받고 싶지는 않다.

이런 식의 국가기관의 강압적인 방침에는 거부감이 든다. 물론 지금 같은 상황에서 코로나 이전처럼 행동할 수 없다는 건 충분히 이해한다. 그러나 국가의 참된 역할은 대화 금지가 아니라 대화를 금지하지 않아도 되는 생활 속 아이디어를 제안하는 데 있지 않을까. 조금이라도 감염의 가능성이 있는 모든 것들을 무조건 금지하는 건 너무 쉽다. 현실적이고 개별적인 제안을 하지 못한다는 건 그만큼 정부에 현명한 사람이 없다거나 아니면 현명한 사람은 있지만 목소리를 내지 못하는 구조이기 때문일지도 모른다. 국가보다 국민들이 더 지혜로워서 정부의 제안보다 더 나은 방법을 스스로 찾아내고 판단하며 이런 상황 속에서도 즐겁게 살아갈 수 있으리라 기대해본다.

정부의 방침과 상관없이 앞으로 코로나가 완전히 사라지지 않는 한 마스크는 삶의 일부로 여겨야 할 것 같아 포기한 상태다. 그래서 최소한의 필수품 이외에는 가능한 한 소비를 줄이며 살아가고 있다.

그러다 문득 외출 자제 기간이 끝난 뒤 나에게 가장 필요한 게 무엇일까 생각해보았다. 가장 먼저 떠오른 것이 마스크 보관함이다.

나는 혼자 살기 때문에 집에서는 마스크를 쓰지 않고 외출할 때만 쓴다. 일도 집에서 하기 때문에 출퇴근하는 사람들처럼 장시간 쓰지 않는다. 그래서 마스크 없이 나갔다가 깜짝 놀라 황급히 집으로 돌아온 적도 여러 번 있다. 마스크 착용 시간이 짧은데도 플라스틱으로 만든 부직포 마스크는 내 피부와 맞지 않아 피부에 닿는 부분에 뾰루지가 생기곤 한다. 기온이 올라가면 마스크 속 얼굴에 열이 나서 속이 울렁거릴 때도 있다. 게다가 부직포를 착용하면 머리나 목이 아파져서 오히려 건강을 해치는 것 같다. 나처럼 화학물질 과민증이 있는 사람에게 마스크는 너무 가혹하다.

특히 여름처럼 더운 날에는 면이나 마 같은 천연소재로 된 마스크가 아니면 도저히 쓸 수 없을 것 같았다. 인터넷에서 마스크 도안을 찾아 다운로드한 뒤 집에 있던 자투리 무명천을 이용해 손바느질로 마스크를 만들기로 했다. 마침 정부에서 전국 각 세대에 2매씩 나눠준 천 마스크가 도착했던 터라 그걸 뜯어서 자투리 무명천과 합쳐 마스크 한 장을 만들었다. 겉감은 자투리 무명천, 안감은 정부에서 나눠준 마스크에서 뜯어낸 거즈로 되어있는데, 두 장을 겹쳐서 주름을 접기만 하면 되는 단순한 형태의 직사각형 마스크다. 직선으로만 바느질하면 되기 때문에 금방 만들 수 있었다. 얼굴에 써보니 거즈 소재가 생각보다 엄청 더웠다. 어쩔 수 없이 실밥을 다시 풀었다. 겨울에 쓸 거라면 굳이 뜯을 필요는 없겠지만 겉면에 열대지방 무늬가 들어가 있어서 겨울에는 어울리지 않아 도로 풀 수밖에 없었다. 무늬만 아니라면 겨울용으로 딱 좋았는데 아쉬웠다.

코로나가 장기화되면서 시중에서 천연소재 마스크도 팔기 시작했다. 이런 마스크들을 시험 삼아 이것저것 사서 세탁한 뒤 사용해보고 있는데 머리와 목이 아프지 않다. 뾰루지도 생기지 않는다. 그중 가장 좋았던 건 겉감이 리넨 소재이고 안감이 유기농 면 거즈로 된 마스크다. 통기성이 좋아 시원하고 원단이 팽팽해서 얼굴에 달라붙지도 않아서 좋았다. 겉감은 실크, 안감은 유기농 면인 제품도 좋았다. 다만 겉감과 안감 모두 실크인 마스크는 촉감은 가장 좋았지만 피부에 달라붙는다는 단점이 있다. 그런 제품은 땀이 안 나는 겨울에 사용하면 좋을 것 같다.

이처럼 세탁할 수 있는 마스크는 플라스틱 쓰레기가 나오지 않아 좋다. 물론 부직포보다 바이러스 감염 방지 효과는 떨어질 것 같아, 이런 마스크를 쓰고 외출한 날은 집에 오자마자 바로 손을 씻고 양치질도 꼼꼼히 한다. 이렇게 했는데도 바이러스에 감염된다면 그건 어쩔 수 없는 일이라고 마음을 내려놓았다. 지나칠 정도로 예민하게 굴며 소독약을 뿌리고 유난을 떨면서 살고 싶지는 않다. 코로나 19가 완전히 사라지기 전까지는 일 년 내내 마스크를 써야 할 테니 계절에 맞는 천연소재로 된 마스크가 필요할 것이다.

문제는 자신이 직접 만든 마스크를 쓰고 외출했을 때 스스로 어떻게 느끼는가다. 바느질 전문가가 아니니 사용감이 나빠서 불편할 수도 있다. 혹시라도 직접 만든 마스크가 불편해서 급하게 부직포로 된 마스크를 사야 할 수도 있다. 잠깐이라도 부직포 마스크를 썼다가 얼굴에 가려움증이 생긴다면 그것도 문제일 것이다. 그렇다고 마스크 없이 거리를 활보할 수도 없어서 여분의 마스크를 넣을 수 있는 마스크 보관함이 필요하다는 생각이 들었다. 요즘 길거리에 버려진 마스크가 골칫거리라고 하는데 그중에는 물론 일부러 버린 사람도 있겠지만, 예를 들어 물을 마시려고 잠깐 내렸다가 실수로 땅에 떨어졌는데 줍지 않고 그냥 가버린 경우도 있지 않을까.

마스크는 위생상 잠깐 벗을 때마다 가방에 그냥 쑤셔 넣을 수도 없다. 그렇다고 마스크를 넣을 비닐봉지를 매번 들고 다니는 것도 환경을 생각하면 그리 바람직하지 않다. 통기성도 있으면 더욱 좋을 것 같아서 뭐 없을까 고민하다가 떠오른 게 교토의 한 토산품 전문점의 손수건 케이스다. 메시 소재의 흰색 천에 노랑, 연두, 오렌지 등 6가지 색상으로 테두리를 댄 제품이다. 온라인 사이트가 있어 당장 접속해보니 다른 사람들도 나와 같은 생각을 한 건지 품절된 색상도 있었다. 다행히 내 것 하나와 곧 생일이 다가오는 친구의 것 하나를 살 수 있었다.

마스크의 크기는 대략 가로 17.5cm, 세로 9.5cm 정도다. 손수건 케이스는 정사각형과 직사각형 두 종류가 있는데 코 와이어가 들어있는 마스크도 가능하면 접지 않고 그대로 넣고 싶어서 가로로 긴 직사각형 형태의 케이스를 구입했다. 사이즈는 가로 21.5cm, 세로 12cm이고 주머니가 세 군데나 있어서 마스크를 여러 장 넣을 수 있는 점도 마음에 들었다. 소재가 나일론과 폴리 에스테르이긴 하지만 오래 사용할 수 있으니 일회용 비닐봉지보다는 조금 나을 것 같다.

파우치 타입의 잠금장치가 있는 것도 있으면 좋겠다 싶던 차에 예전에 독일 수건 브랜드에서 본 적 있는 파우치가 떠올랐다. 홈페이지에 들어가 보니 가로 20cm, 세로 15cm의 납작한 파우치가 있었다. 폴리 에스테르 소재의 메시 원단이고 지퍼가 달려있어서 잠글 수 있다. 친구에게 줄 건 빨간색 바탕에 나비, 꽃, 작은 생물이 그려진 걸로, 내 건 베이지색 바탕에 꽃이 그려진 걸로 구입했다. 여름에는 마스크를 손수건 케이스에 넣고 다니고 겨울에는 마스크도 도톰해질 테니 이 지퍼 달린 파우치에 넣고 다니면 될 것 같다.

주문한 물건이 도착하고 난 뒤 친구에게 줄 케이스를 포장하고 나서 내 케이스를 가만히 바라보았다. 그동안 마스크가 참 번거롭다 여겼는데 이 케이스를 보니 왠지 앞으로는 이것도 하나의 삶의 재미가 될 것 같다는 생각이 들었다. 지금까지 마스크는 어쩔 수 없이 껴야만 하는 귀찮은 존재였다. 그런데 이런 식으로 손수 케이스를 구입하거나 직접 마스크를 만들다 보니 마스크를 대하는 나의 마음가짐이 능동적으로 변했음이 느껴졌다.

직사각형 천을 덧대어 손바느질한 마스크보다는 만드는 과정은 다소 귀찮더라도 곡선의 천을 잇대어 만든 마스크가 얼굴에 잘 밀착되고 안감을 대도 그리 덥지 않다. 마스크용 고무줄은 예전에 사둔 팬티용 고무줄로 대신하려 했는데 마스크 옆에 놓고 보니 누가 봐도 이건 팬티 고무줄로 보였다. 한때 품절이었던 마스크용 고무줄도 드디어 인터넷에서 구매할 수 있게 되어 그것도 구입했다. 역시 마스크용으로 만든 고무줄은 팬티용 고무줄과는 확연히 달랐다. 코 와이어는 예전에 사용했던 부직포 마스크를 버리기 전에 빼서 모아둔 게 있어서 그걸 사용했다. 마스크 겉감과 안감 사이에 끼는 필터도 구입했는데 이 모든 걸 합쳐도 고작 몇백 엔 정도라 경제적으로도 부담이 없다.

마스크 보관함도 마련했고 재료 준비도 끝났다. 이제는 원단을 재단하고 바느질만 하면 된다. 시어서커 원단, 얇은 무명천은 미리 세탁해 두었다. 몇 년 전에 샀는데 입을 기회가 없어서 한 번도 입은 적 없는 리넨 소재의 민소매 블라우스도 마스크로 재탄생시키려고 세제 없이 물로 세탁해 두었다. 하나씩 재료가 준비될 때마다 점점 의욕이 높아진다. 시중에 파는 마스크 중 내 얼굴형과 가장 맞는 곡선을 골라 원단을 재단했다. 한꺼번에 재단했기 때문에 무늬만 서로 다른 네 개의 마스크 원단이 현재 대기 중이다.

앞에서 언급한 두 종류의 원단 외에 다른 두 개의 원단도 모두 천연소재이기는 하지만 원단에 따라 성질이 조금씩 다르기 때문에 어느 소재가 가장 좋을지 시험해보는 재미도 있을 것 같다. 장마가 시작되면 기분이 울적해지곤 했는데 그럴 때 이 원단들이 제대로 활약할 수 있도록, 그래서 이 마스크 보관함이 빛을 발할 수 있도록, 짬을 내어 바느질을 해보려고 한다.

05

청소도구를 바꾸다

얼마 전 마스크 보관함을 산 김에 마스크 소독 전용 작은 양동이를 구입했다. 지름 18cm, 높이 10cm 크기에 가운데 손잡이가 달린 옛날 냄비 모양의 양동이다. 외출 후 돌아오면 내가 어설프게 만든 마스크나 부직포 마스크가 아닌 천연 소재 마스크만 이 양동이 안에 넣고 뜨거운 물을 붓는다. 그런 다음 손 씻고 양치질을 하고 옷을 갈아입고 난 뒤에 비누로 마스크를 빨아 말린다. 양동이는 크기가 작아서 세면대 안에 넣어두어도 거슬리지 않는다. 마스크처럼 작은 것들을 손빨래할 때마다 큰 대야를 꺼내기 귀찮다면 이런 작은 도구들이 쓸모가 있다.

목욕 후 욕실의 물기를 닦은 수건도 젖은 채로 세탁기에 넣어두려니 망설여졌는데 이 양동이에 넣어두었다가 다음 날 아침 세탁기 돌릴 때까지 임시로 보관할 수 있어서 편리하다. 100엔 숍에서 플라스틱으로 된 제품을 팔고 있을지 모르지만 모양도 그렇고 양철 소재도 마음에 들어 플라스틱보다 내구성이 뛰어난 이 양동이를 선택했다.

우리 집에는 고양이가 살고 있어서 아침에 일어나면 바닥 청소용 밀대를 밀며 청소하는 게 하루의 시작이다. 부직포 시트를 본체에 끼우는 일반적인 제품인데 밀대나 시트가 모두 플라스틱이라 계속 신경이 쓰였다. 흔히 돌돌이라 불리는 롤 테이프 클리너로 바닥에 떨어진 고양이 털을 제거하는 것도 하루의 일과다. 언제든 청소할 수 있도록 돌돌이를 테이블 위에 놓아두는데 오래전에 세트로 구입한 플라스틱 케이스에 넣어 사용하다 보니 약간 지저분한 느낌이 들어 이것도 신경이 쓰였다. 그러던 와중에 드디어 청소용 밀대 본체가 심하게 파손된 김에 둘 다 교체하기로 했다.

청소용 밀대나 돌돌이 케이스 모두 일상생활에서 꼭 필요한 물건이지만 그동안 둘 곳이 마땅치 않았다. 한눈에 청소도구인 걸 알 수 있도록 눈에 띄는 곳에 두고 싶지 않았다. 그렇다고 안 보이는 곳에 놔두면 그렇지 않아도 청소를 싫어하는 내

성격상 일부러 가지러 가기 귀찮아서 '뭐 이 정도 더러운 건 괜찮지 않을까?'라며 게으름을 피울 것 같았다. 위생상 그러면 안 되니 자주 청소해야 하는데 아무래도 귀찮은 마음이 이길 확률이 높다.

돌돌이 케이스는 나름 세련된 디자인이라 그렇게 보기 흉한 건 아니지만 소파 앞에 있는 좌식 테이블에 놓아두면 볼 때마다 어디 다른 데 둘 곳이 없는지 두리번거리게 된다. 한참 전에 구입했으니 해를 거듭할수록 낡고 상태가 나빠지는 게 당연하다는 걸 알면서도 나이들수록 이런 것들이 자꾸 신경 쓰인다. 그냥 버리긴 아까워서 더 이상 쓸 수 없을 때까지 쓸 생각이지만 동일한 제품을 나중에 또 살거냐고 한다면 그렇게까지 하고 싶지는 않다.

청소용 밀대는 주방 문 뒤쪽에 있는 쓰레기통 옆에 숨겨 두었다. 안쪽으로 열리는 문이라 누군가 주방에 들어가도 문 뒤에 가려져 보이지 않는다. 하지만 청소할 때마다 좁은 주방 문을 열고 들어가 밀대를 꺼내는 건 너무 귀찮다. '요즘에는 없는 게 없는 세상이니 장식품으로 써도 손색없는 디자인의 밀대도 있지 않을까'라는 생각을 했는데 역시 나 같은 생각을 하는 사람들이 또 있었나 보다. 알아보니 다양한 디자인의 밀대가 출시되어있었다.

몇 달에 한 번씩 배송되는 홈쇼핑 잡지에서 목재 밀대를 본 적이 있다. 만약 새로 구입한다면 숨겨 두지 않아도 되는, 나무로 만든 것이라면 좋겠다고 생각하던 참이었다. 그런데 이 밀대는 장대 부분이 금속, 본체는 나무, 바닥에 닿는 부분은 고무라 나중에 버릴 때 일일이 분해해야 하는 번거로움이 있었다. 본체도 커서 나이든 사람이 사용하기에는 다소 무거워 보였다. 가능하면 전체가 나무라면 좋을 것 같았는데 바닥에 닿는 부분과 장대가 연결된 부분에만 작은 쇠 장식이 달린 제품을 발견했다. 시트를 본체에 끼우는 형태가 아니라 윗부분이 두 개의 직사각형 판으로 나뉘어 있고 본체의 상부와 그 판의 하부에는 자석이 박혀 있어서 이 자석으로 시트가 고정된다. 시중에 판매되는 시트뿐만 아니라 자석이 붙기만 하면 어떤 천을 끼워도 상관없다. 시트를 손가락으로 꾹 눌러 끼울 때의 느낌을 별로 좋아하지 않았는데 자석으로 고정하는 방법이 있다는 걸 알고 감탄했다. 소재는 편백나무고 외관은 원목의 심플한 막대기에 바닥에는 직사각형 모양의 본체가 달려있는 단순한 형태다.

괜찮은 제품이라는 생각을 하며 다른 청소도구들도 둘러보니 참나무 소재로 된 돌돌이 케이스도 있었다. 별의별 게 다 있다는 생각을 하며 상세 내용을 읽어보니 크기는 가로 22cm, 세로 8.5cm, 높이는 10cm의 박달나무로 만든 상자다. 상자의 윗부분에는 슬릿이 있고 옆부분은 한쪽이 열리는 구조로, 테이프를 꽂은 돌돌이 손잡이를 끼우면 된다. 손잡이는 놋쇠로 만들어져 있고 가는 가죽 벨트가 감겨 있다. 네모난 나무 상자에 놋쇠 손잡이가 튀어나와 있는 게 전부라 실내 어디에 놓아도 청소도구로 보이지 않을 것 같아 이것도 함께 구입했다.

기존에 사용하던 돌돌이 케이스는 핸들에 플라스틱 롤러가 달려있어서 거기에 롤지를 끼워 넣는 방식이었는데 이 제품은 롤지를 바꿀 때 핸들에 달린 가죽 벨트를 풀어 핸들 양쪽을 벌어지게 한 뒤 그곳에 롤지를 끼우는 구조로 되어있다. 롤지를 핸들에 세팅할 때는 중앙에 구멍 뚫린 작은 나무 뚜껑 같은 걸 롤지 양쪽에 끼우고, 그 구멍에 핸들 끝을 넣은 다음 핸들에 벨트를 끼우면 고정이 된다. 나무, 금속, 가죽으로 만들어져 있고 플라스틱은 사용되지 않았다. 예전에 사용하던 것에 비하면 롤을 교환할 때 거쳐야 할 절차가 많긴 해도 눈에 띄는 곳에 두었을 때의 분위기가 전혀 다르다.

각티슈도 방에 그냥 두기 싫어서 커버를 씌우는 사람들이 있다. 나 또한 공장에서 찍어낸 로고가 마음에 들지 않아 되도록이면 흰색 상자에 들어있는 각티슈를 구매한다. 커버를 씌워 사용할 만큼의 부지런함은 아직 없다. 코바늘뜨기로 뜬 커버를 본 적이 있는데 나도 언젠가 만들어보고 싶단 생각만 할 뿐 실천해본 적은 없다.

각티슈 제조회사에 우표를 동봉해서 신청을 하면, 상자를 눈에 띄지 않는 곳에 붙일 수 있는 자석을 보내준다길래 그렇게 해보았다. 티슈 상자 바닥에 얇고 네모난 자석을 삽입한 다음 붙이고자 하는 곳, 예를 들어 테이블 아래쪽 같은 곳에 다른 한 개의 자석을 붙여서 고정하는 방식이다. 사용해보니 테이블 밑으로 일일이 손을 뻗어 휴지를 꺼내는 게 상당히 귀찮았다. 결국 한 군데 자리를 지정해두지 않고 필요할 때마다 이곳저곳으로 들고 다니는 게 나에게는 훨씬 더 편하다는 걸 깨달았다. 할 수 없이 티슈 상자는 예전 방식 그대로 사용하고 있다. 이처럼 일상생활에서 사용하는 물건에는 소유자의 개성이 고스란히 드러나는 것 같다.

그동안 신경 쓰였던 물건들을 하나둘씩 내 취향대로 바꾸다 보니 점차 마음이 안정된다. 청소용 밀대가 이렇게 가볍고 심플해도 되나 싶어 불안하기도 하지만 자석의 힘이 의외로 강해서 시중에서 파는 시트는 물론 오래된 티셔츠를 잘라 만든 천도 사용할 수 있었다. 팔의 힘이 약해진 나이든 여성에게 가벼운 도구는 그저 감사할 따름이다. 벽에 걸 수도 있도록 위쪽에 구멍이 뚫려 있고 끈도 달려있지만, 우리 집에는 그걸 걸 만한 고리가 없어서 그냥 방 한쪽 구석에 세워놓는다.

우리 늙은 고양이가 지금까지 잘 사용하던 유기농 면으로 만든 돔형 침대를 거부하기 시작했다. 이 침대를 유난히 좋아해서 얼룩이 생기고 세탁해도 지워지지 않을 때면 똑같은 제품을 다시 사곤 했다. 그렇게 해서 같은 걸 세 번이나 구입할 정도였는데 고양이도 나이가 들더니 취향이 바뀐 걸까. 지금은 침대를 거들떠보지도 않는다.

우리 집 고양이는 기본적으로 집사인 내 행동을 감시하는 게 자신의 역할이라 생각하는 건지 일어났을 때 언제든 내 모습을 관찰할 수 있는 장소를 좋아한다. 고양이가 항상 거실에 있다 보니 작업실로 사용하려고 했던 방은 책을 보관하는 장소가 되어버렸고 내 작업실은 식탁 위가 되어버렸다. 고양이도 나이를 먹었으니 침대 같은 게 없으면 불편할 것 같아서 돔형이 아닌 다른 형태의 침대를 이것저것 사줘 보았지만 도통 들어가려 하지 않는다. 항상 방구석에 축 늘어져 있다.

"몸이 아프진 않아?"

고양이가 좋아하는 독일제 수건을 바닥에 깔아주며 말을 걸어봐도 가만히 바라보기만 하다가 치워달라는 듯 울음소리를 낸다.

"필요 없단 거지?"

내가 말하며 치워버리면 그제서야 안도의 한숨을 쉬며 그 자리에 벌러덩 누워 잠을 잔다.

"바닥에 누우면 몸 아프지 않아? 괜찮아?"

내가 걱정돼서 물어봐도 마치 '난 지금 이대로 충분해요'라고 대답하듯 내 말을 못 들은 척한다.

그 독일제 수건은 내 베개 옆에서 잘 때 깔아줬던 것이다. 파란색과 핑크색을 샀는데 핑크색만 좋아해서 파란색을 깔아주면 '야옹야옹' 거리며 바꿔달라고 울어댔다. 핑크색으로 바꿔주면 그제서야 거기서 몸을 둥글게 말고 잠을 잤다. 고양이는 인간처럼 색깔을 구별할 수 없다고 들었는데 어째서인지 우리 집 고양이는 핑크색 수건을 마음에 들어 했다. 고양이가 좋아했던 한여름용 삼베 시트를 접어놓아도 상황은 똑같다. 늘 마룻바닥에 드러누워 잠을 잔다.

수건도 시트도 필요 없다고 하니 본인이 그걸 원한다면 괜찮을 것 같기도 하다. 하지만 앞으로 날씨가 더워지면 아무리 커튼이 있어도 햇빛을 가릴 만한 뭔가가 필요할 것 같고 통기성이 있으면 좋을 것 같아서 등나무로 만든 고양이 침대를 구입해보았다. '코쿤'이라는 이름에서 알 수 있듯 누에고치 모양이다. 90% 이상의 고양이들이 좋아하고 대부분의 고양이들이 신나서 침대 속으로 들어간다는 광고 문구도 있었다. 이 침대라면 우리 집의 까탈스러운 고양이도 좋아해주지 않을까 하는 기대감에 구입해보았다. 인테리어 측면에서도 방과 잘 어울릴 것 같았다.

입구의 지름은 20cm, 깊이는 45cm인 원통형의 등나무로 만든 제품이라 틈새를 통해 밖을 내다볼 수도 있다. 통풍도 잘되고 적당히 햇빛도 가려진다.

"이리 와봐, 새 침대야"

침대 안에는 바닥에 까는 쿠션도 세트로 들어있었지만, 우리 집 고양이가 좋아하는 핑크색 수건과 삼베 시트를 작게 접어서 안에 깔아주었다. 그랬더니 정말로 그 광고 문구대로 침대에 관심을 보이기 시작했다. 전에는 새로운 침대가 와도 눈길조차 주지 않았는데 이 침대는 안을 들여다보기도 하고 냄새를 맡기도 했다.

"어때? 멋지지 않아? 안에 한번 들어가 봐"

이때다 싶어서 권해보았다.

그러나 그게 다였다. 언제든 내키면 들어갈 수 있도록 잠시 그대로 놔두었는데도 전혀 들어갈 생각이 없는 건지 평소처럼 방 한쪽 구석의 마룻바닥에 드러누워 기분 좋게 자고 있다.

문제는 그 누에고치형 고양이 침대를 어떻게 처리하는가다. 가로로 눕혔던 걸 세워보니 휴지통으로 사용해도 되지 않을까 하는 아이디어가 떠올랐다. 이 침대는 고치 모양을 살려서 바닥에 놓았을 때 안정감이 유지되도록 바닥 면이 평평하게 되어있다. 출입구 반대쪽도 평평하게 되어있어서 그쪽을 바닥으로 해서 세워도 안정감이 있다. 세워놓으면 원래의 바닥면이 보여서 모양이 안 살지만 잘하면 가려질 수 있을 것 같았다. 잘만 놓으면 원래부터 고양이 침대였던 게 아니라, 세련된 인테리어 용품이나 등나무 항아리처럼 보이지 않을까 싶었다.

크기도 어느 정도 있고 등나무로 만든 제품이라 그냥 버리기엔 너무 아까울 것 같아서 평평한 부분을 가린 뒤 방 한쪽에 놓아두고 종이 분리수거함으로 사용하고 있다. 필요 없는 물건들을 집에서 하나씩 버리고 있던 와중에, 솔직히 이 휴지통은 바라볼 때마다 정말 이게 정말 최선이었을까 하는 의문이 스스로도 들곤 한다.

06

앞으로의 삶을 생각하다

어느 여대 교수가 웹에 연재하는 칼럼을 읽다가 놀란 적이 있다. 대학에 갓 입학한 신입생 중에 신서판(일본에서 흔한 도서 판형의 하나로, 일반 단행본 사이즈인 신국판보다는 작고 문고판보다는 약간 크다)을 모르는 학생들이 있다는 것이었다.

확실히 서점이 많이 사라졌기 때문에 직접 오프라인 서점에 가서 여러 책들을 볼 수 있는 기회가 줄어든 건 사실이다. 관심 있는 책을 인터넷으로 구입할 수 있고, 굳이 종이책을 사지 않고 전자책으로 읽을 수도 있으니 그런 영향도 있을 것이다. 그 여대는 상위권에 속한 대학이라 입학생들의 성적도 꽤 좋았을 것이다. 최소한 문고판이나 신서판, 단행본처럼 책의 크기가 서로 어떻게 다른지 정도는 당연히 알고 있는 줄 알았는데 나의 생각은 완전히 틀렸다.

그 교수는 이런 신입생들을 대상으로 자신이 가지고 있는 신서판을 직접 보여주고 도서관이나 서점에 가면 이런 크기의 책이 진열되어있을 거라고 가르쳐줬다고 한다. 그리고 이런 신서판은 가능하면 도서관에서 대출하지 말고 직접 구입해서 읽으라며, 관심 있는 분야의 책을 일주일에 한 권 정도 읽은 뒤 목록을 제출하라는 과제를 내주었는데 15년 동안 과제를 제출하지 않은 학생이 단 한 명도 없었다고 한다. 어린 학생들이 참 성실하다고 생각하며 칼럼을 읽었다.

옛날에는 책이라고 하면 종이로 된 것밖에 없었는데 요즘은 솔직히 손에 책이 없어도 컴퓨터로 읽을 수 있는 시대가 되었다. 하지만 종이책을 읽는다는 것은 그 안의 글자를 읽는 것 말고 다른 의미도 있다. 전자책으로는 종이책을 통해 느낄 수 있는 책의 장정, 종이의 촉감, 냄새와 같은 오감의 소중함이 전달되지 않는다. 종이책에서 전자책으로 넘어가는 과도기를 경험한 중년 세대는 손에 만져지는 종이책의 감각을 아직은 알고 있을 것이다. 하지만 태어날 때부터 인터넷 화면으로만 글자를 읽은 사람이라면 과연 어떨까. 내가 아직도 종이책에 집착하고 있기 때문에 이런 생각이 드는지도 모르겠다.

신서판이라는 책이 이 세상에 존재한다는 걸 모르는 학생들이 있다는 사실에 놀라며 히라노 에리코가 지은 〈58세, 산속 집에서 고양이와 산다〉라는 책을 손에 들었다. 문득 '히라노 작가의 나이가 벌써 58세나 되었구나' 싶었지만 내 나이를 생각하면 당연한 일이다. 이렇게 가끔 내 나이를 잊곤 한다. 갑작스럽게 이사를 하는 게 나이든 고양이에게는 좋지 않다고 해서 지금 당장 이사할 생각이 없지만, 언젠가 고양이가 세상을 떠나게 된다면 그때 이사를 계획하고 있어서 이 책을 흥미롭게 읽었다.

작가는 원래 부모님과 함께 살았는데 부모님이 돌아가시고 나서 젊을 때 다녔던 산을 자주 찾게 되었다고 한다. 자주 왔다 갔다 하다 보니 산에 머무는 시간이 길어졌고, 아예 그곳으로 거처를 옮기게 되었다는 것이다. 이사를 결정하고 부모님 집의 짐을 정리하다가, 때로는 산속 자신의 집에 있다가도 추억에 잠겨 눈물을 흘리곤 했다는 구절도 있었다. 부모님 집 근처에 본인 소유의 집도 있다는데 왜 산속에서 살게 되었을까. 그 이유가 책에 자세히 적혀 있어서 페이지를 넘길 때마다 '아, 그렇구나' 고개를 끄덕이며 읽었다.

몇 년 전부터 나는 고양이를 떠나보내고 나면 어디에서 살아야 할지 고민해왔다. 3분의 2 정도 명의를 소유한 친정집을 수리해서 살면 되겠다 싶었는데 무슨 이유에서인지 동생이 심하게 화를 내며 반발했다. 결국 지인에게 소개받은 부동산업자의 중개로 내가 지불한 금액의 7분의 1 정도만 받고 집을 처분하게 되었고, 이로써 내 명의의 재산은 없어졌다. 재산에 대한 집착은 없기 때문에 없으면 없는 대로 상관없었다.

하지만 부동산 중개인의 얘기로는 나이가 많은 사람에게 세를 주려는 집주인은 많지 않다고 한다. 그러니 앞으로 이사할 계획이 있다면 월세보다는 아예 집을 사는 게 어떻겠느냐고 그는 말했다. 내가 집주인이라도 그럴 것 같았다. 아직 건강하기는 하지만 언제 무슨 일이 생길지 모르는 게 인생 아니겠는가. 더구나 자식도 없는 독거노인이 자기가 세를 준 집에서 혹시라도 고독사라도 한다면 그보다 난처한 일은 없을 것이다. 물론 집을 사게 된다면 목돈이 필요하고 재산세도 내야 한다. 이런저런 점을 생각하면 월셋집에 사는 게 가장 편할 것 같은데 앞으로 세상이 어떻게 변할지 모르니 어떻게 해야 할지 미리 걱정할 필요는 없다. 이사하게 될 때 정하면 된다.

출퇴근할 필요가 없으니 지금보다 도심에서 떨어진 곳에 살아도 상관없지만, 도쿄 외에 다른 곳에서 살아본 적이 없으니 그냥 쭉 도쿄에 사는 게 좋지 않을까 싶다. 한편으로는 이번 기회에 도쿄 말고 자연으로 둘러싸인 곳에서 살아보고 싶은 마음도 있다. 그런 곳은 자연환경은 매우 좋겠지만 과연 내가 자연과 조화를 이루며 살아갈 수 있을지 의문이다. 이 책을 읽으며 내가 가장 관심 있게 본 내용도 그 부분이었다.

친구 한 명이 우리 집에서 멀지 않은 산속에 집을 갖고 있어서 몇 번 놀러 간 적이 있다. 여름에는 커다란 벌이 둥지를 틀고, 겨울이면 수도관이 터지거나 눈 때문에 차가 미끄러지기도 한다. 이런 문제가 생기지 않도록 부지런히 돌아다니며 집수리를 해야 한다. 그런 상황을 가까이에서 지켜보며, '자연환경이 좋은 곳에는 그냥 마음 편히 놀러만 가고 난 아무것도 안 해도 되는 호텔이나 레지던스 같은 곳에 머무는 게 훨씬 편하지 않을까?'라는 생각이 들었다.

자신이 직접 선택한 자연 풍광을 바라보며 자신의 취향대로 지은 집에 사는 건 분명 멋진 일이다. 내가 지금보다 좀 더 젊었다면 그런 번거로움마저 감수하며 즐길 수 있었을지도 모른다. 하지만 노년으로 넘어가는 이 나이가 되면 일상생활조차 귀찮아질 때가 많다. 자연으로 둘러싸인 곳으로 이사했다고 하루아침에 몸이 젊은 사람처럼 움직여질 리도 없거니와, 하루하루 늙어가니 신체적 조건은 더욱 나빠질 뿐이다.

태어날 때부터 그런 환경에서 살아오던 사람이라면 몸을 움직여 생활하는 것에 익숙할 것이고 몸을 사용하는 방법도 잘 알고 있어서 부지런히 일하고 잘 먹고 잘 자는 건강한 생활을 했을 것이다. 하지만 나처럼 아침에 일찍 일어나긴 해도 매일 컴퓨터 앞에 앉아 키보드만 두드리던 사람이 갑자기 그런 곳에 살 수 있을지, 더구나 요즘처럼 자연의 변화가 심한 때에 자연과 맞닥뜨려 제대로 살아갈 수 있을지 솔직히 자신이 없다.

이 책의 저자도 자연에 맞서 싸우고 있는 게 느껴졌다. 자연 속에 파묻혀 사는 삶이란 벌레와 함께 산다는 의미이기도 해서, 수많은 종류의 벌레들이 찾아든다. 욕실에는 커다란 꼽등이가 나타나고 처마 밑에서는 말벌이 벌집을 지었다고 한다. 벌집 때문에 고민하다가 말벌의 생태를 조사해보니, 일벌은 죽고 여왕벌은 장소만 바꿔서 겨울을 난다는 것을 알았다. 그래서 벌집이 비어있는 틈을 타 막대기로 내려쳤단다. 이 부분에서 혹시라도 벌이 한두 마리라도 남아있다가 쏘는 건 아닌지 걱정스러운 마음으로 책을 읽어 내려갔다. 다행히 벌집이 현관문 지붕 위로 떨어졌는데 속에 보니 아무것도 없었다고 해서 안심했다. 그러나 그녀는 벌집을 손으로 받아내지 못한 게 안타까웠다고 한다. 여왕벌이 이렇게나 큰 벌집을 만들기 위해 얼마나 많은 애를 썼을지 생각하니 감동스럽기까지 했다고 한다. 물론 앞으로는 제발 자기 집에는 벌집을 짓지 말아 달라는 소원도 빌었다고 한다. 살아있는 생명에 대한 애정이 있기 때문에 그들과 대치하면 안 된다는 생각과 불쌍히 여기는 마음이 그녀 안에서 교차하고 있는 것 같아 미소가 지어졌다. 벌들을 막무가내로 내쫓는 게 아니라 "나가주시면 좋겠어요"라고 정중하게 부탁하는 듯한 느낌이 들었다.

산속의 집은 높은 곳에 있어서 추위도 매섭다. 머리를 감고 제대로 말리지 않으면 머리카락이 얼어붙어 한기가 더 심하게 느껴진다. 콘택트렌즈 보존액도 얼어버릴 정도라고 한다. 하지만 그녀는 그러한 불편함을 모두 감수하고 친구들과 장난을 치며 겨울 내복을 고르러 가기도 하고 다음번엔 귀마개를 사겠다고 기대감을 품기도 한다. 그녀가 진정으로 환경을 받아들이고 있음을, 그리고 하루하루의 삶 속에서 기쁨을 찾아내고 있음을 알 수 있었다.

자연이 풍부한 곳에는 상점들이 별로 없다. 저자도 산속에 들어가기 전, 도시생활을 할 때는 전기자전거를 타기도 하고 홈쇼핑도 즐겼던 것 같다. 교통이 좋지 않은 시골에서는 차가 필수품이다. 이 또한 나에게는 불안한 요소다. 면허도 없지만 있다고 하더라도 순발력이 점점 떨어질 나이라 갖고 있던 면허도 반납해야 할 때다. 그런 내가 이제부터 필기·실기 시험을 준비해봤자 합격할 가능성은 희박하다. 만에 하나 면허를 땄다고 치더라도 다른 운전자들에게 피해가 될 것이다. 나 혼자만 다친다면 상관없지만 타인의 생명과도 직결되기 때문에 운전은 되도록이면 하고 싶지 않다. 이런 조건이기 때문에 적당히 편리하고 적당히 자연이 있는 곳을 선택할 수밖에 없는데 과연 그런 곳이 있을지 모르겠다.

산속 생활을 시작하면서 면허를 땄다는 저자가 무척이나 대단해 보였다. 아직 50대인 그녀는 반응속도나 인지능력이 나보다 높을 것이다. 시골에서도 차가 있다면 더욱 편리하고 쾌적한 생활을 할 수 있다. 벌레가 많은 건 참을 수 있지만 그 밖에도 자연이 풍부한 곳에 살기엔 내가 넘어야 할 산이 너무 높아 자신이 없다.

자연으로 둘러싸인 곳에서 생활하기 위해서는 그곳 사람들과의 교류도 굉장히 중요하다. 저자는 동네잔치에 참석하기도 하고 자주 찾는 가게의 단골이 되기도 하면서 지역 사람들과 친분을 쌓았다. 이것은 혼자서는 살기 어려운 시골에서 갖춰야 할 중요한 삶의 태도다. 그들은 서로 도움을 주고받으며 생활하고 있는데, 어쩌면 누군가에게 '도움을 준다'는 개념이 아니라 지극히 당연한 행동일지 모른다. 책의 띠지에는 '기분 좋은 고독'이라는 표현이 적혀 있었는데, 말 그대로 지나치게 가깝지도 않으면서 그렇다고 지나치게 멀지도 않은 적당한 거리의 관계를 유지하는 것이다.

도시와는 생활 패턴이 다른 곳에서 산다는 건 여러 가지 면에서 힘든 점이 많다. 그녀도 물론 인정하는 부분이다. 생활이 편리한 도시에 자기 집이 있음에도 그녀가 산속에 사는 이유는 그곳이 좋기 때문이다. 조금 불편하긴 해도 그 불편함조차 받아들일 때 비로소 진정으로 그곳을 좋아한다고 말할 수 있을 것이다. 자연 속 그녀의 삶이 너무나 부럽다.

나는 과연 내가 사는 곳을 좋아한다고 말할 수 있을까. 교통편도 좋고 조용해서 마음에 들긴 하지만 나이든 내게 더 적합한 곳이 어딘가에 있을 것만 같다. 다만, 아무리 관리가 잘 되어 있고 살기 좋은 환경이라 해도 노인들만 모여 사는 곳에서 살고 싶지는 않다. 극진한 대우 따위는 받지 않아도 되니 연령대를 포함해 좀 더 다양한 부류의 사람들이 모여 사는 곳에서 살고 싶다. 내가 언제 이사를 가게 될지 모르지만 조금씩 욕심과 소유물을 버려야겠다는 생각이 이 책을 읽을수록 더욱 강하게 든다.

타키구치 유미의 〈안심 빈곤 생활〉이라는 책은 흰색 바탕에 두께가 약 8mm 정도 되는 가벼운 책이다. 제목 때문에 '어떻게 하면 안심하면서 가난한 생활을 할 수 있는가'라고 오해할지 모르나 사실 조금 다르다. 2015년에 발행된 이 책은 동일본대지진의 영향에 대한 저자 자신의 경험담과 더불어 인쇄업자, 화가, 전직 교사의 인터뷰가 들어있다.

"생명과 관련된 사태를 방치하고 있는 현 정부 체제하에서 우리들은 이미 난민과 다름없다. 내가 그동안 너무 낙관적이었다."

이 문장을 읽으며 현재의 코로나 19에 대해 정부가 내놓은 여러 대응들을 떠올려본다. 정부는 동일본대지진 이후 조금도 변하지 않았음을 알 수 있다.

인터뷰에 응한 사람들은 안정적이고 윤택한 삶을 영위하고 있는 계층에 속하지 않는다. 인쇄업자인 한 남자는 부모의 억압에서 벗어나고자 젊을 때부터 스스로 먹고 살 길을 찾아 나섰다고 하는데 "한 달에 10만 엔 버는 것이 목표입니다"라고 말했다. 화가 부부는 "더 이상 잃을 게 없다는 건 정말 기분 좋은 느낌이에요"라고 말했다. 이 말에 대해 저자는 이미 그들은 원하는 것을 모두 가졌기 때문이라고 해석했다.

전직 교사였던 한 남자는 "신석기 시대 정도의 생활이 저한테 딱 좋은 것 같아요"라고 했다. 한때 회사에 다니며 월급을 받았던 적이 있기는 하지만, 책에 소개된 다른 사람들과 마찬가지로 졸업 후 직장생활을 시작해 정년이 될 때까지 일하는 일반적인 인생과는 거리가 먼 삶을 살고 있다. 인쇄업자인 남자는 사회운동을 하고 있고, 화가 부부 중 남편과 전직 교사였던 남자는 히피족이었다. 내가 고등학생이었을 때 세계적으로 대학생들 사이에서 히피운동이 일어나 젊은이들이 이에 동조했는데, 보수적인 사회에 맞서 남자들도 머리를 길게 기른 채 히피 복장을 하고 남녀 간에 차별을 없애자며 성의 해방을 내걸었으니 당연히 어른들에게 차가운 눈초리를 받았다.

화가인 남성은 어머니가 유명한 화가인데 인도의 한 대학에서 교편을 잡게 되면서 예대를 중퇴하고 어머니와 함께 인도로 갔다고 한다. 이후 그의 어머니는 일본으로 귀국했지만 그는 인도에 남아 뭄바이에서 히피 생활을 했다. 그러나 기근이 닥치며 쌀값이 폭등한다는 소문이 돌자 도저히 살 수 없을 것 같아 네팔로 이동했다. 크리스마스에 히피가 카트만두에 모인다는 소문을 듣고 가서 기다린 것이었는데 아무도 오지 않았다. 그때 그는 이런 생각을 했다.

"역시 히피는 아닌 것 같아"

어이없어서 웃어버렸단다. 이후 그는 밴쿠버에서 만난 일본인 여성과 결혼해 한동안 오키나와에서 어부로 살았다. 그의 아내도 남편 못지않게 행동력이 있어서 그녀의 이야기도 상당히 재미있었다.

전직 교사였던 남성의 히피 생활 이야기도 재미있었다. 히피 중에도 진지한 사람과 그렇지 않은 사람이 있다고 한다. 예를 들어 약물 중독자처럼, 히피들이 봐도 저놈은 틀렸다고 여겨지는 사람이 있단다. 당시 히피라고 하면 특히나 어른들 눈에는 본능이 시키는 대로 자유분방하게 사는 사람들이라는 인상이 강한데 히피들 중에도 자기 나름의 질서라고 할까, 겉으로 드러나지는 않지만 인간적인 감각이 온전히 남아있는 이들도 있었다. 일종의 액세서리처럼 사랑과 평화를 외치고 다니는 사람들도 있는가 하면 진심으로 사랑과 평화를 지향하는 이들도 있었다는 것이다.

이 책은 '가난해도 되니 마음 편히 살고 싶다, 그럼 어떻게 하면 되나'라는 질문에 대해 자기 자신만의 답을 찾아낸 이들의 이야기가 담겨 있다. 언뜻 책의 제목과 동떨어진 것처럼 보일지 모르지만 근본적으로 살아간다는 것, 생활한다는 것이 어떤 것인지를 생각하게 하는 책이다.

그냥 멍하니 앉아 있기만 하면 원하는 것을 얻을 수 없다. 눈앞에 있을지라도 손을 뻗지 않으면 잡을 수 없다. 눈앞에 없는 것이라면 찾아다녀야 한다. 이런 수고를 들이지 않으면 아무도 거저 주지 않는다. 무슨 일이 있을지 알 수 없는 이 세상에, 비교적 안정적인 직업을 갖고 있더라도 자기 자신의 삶을 살고 있지 않은 사람들이 꽤 많다. 그러나 이 책에 등장하는 사람들은 한 사람의 인간으로서 자신만의 삶을 온전히 살아내고 있다는 느낌이 들었다. 사람은 저마다 자신에게 필요한 에너지가 서로 다를 텐데 그들의 이야기를 읽으며 나도 나만의 속도로, 내게 필요한 에너지만큼 활기찬 인생을 살아가고 싶어졌다.

07

옛날 음식의 향수에 빠지다

최근 몇 달간 내가 직접 차린 식탁에는 누카즈케(일본식 야채절임)가 하루도 빠짐없이 올라온다. 아주 편리한 누카도코(누카즈케를 담그는 데 이용하는 겨된장)를 찾았기 때문이다.

사실 누카즈케를 만든 게 이번이 처음은 아니다. 20여 년 전 처음 만들 때는 친정엄마가 하던 방식대로 뚜껑이 있는 원통형 법랑 용기에 쌀겨, 다시마, 고추 등을 넣고 매일 손을 넣어 휘저어주었다. 당시 아직 어렸던 우리 집 고양이는 용기 뚜껑을 열 때마다 재빨리 달려와 내가 쌀겨를 휘젓는 동안 코를 벌름거리며 냄새를 맡곤 했다. 고양이도 좋아하고 나도 좋아하던 작업이었는데, 무더위가 계속되던 어느 날 뚜껑을 열어보니 악취가 풍겨서 버릴 수밖에 없었다.

냉장고에 넣어서 익힐 수 있도록 법랑으로 된 밀폐용기와 누카도코를 세트로 구입해서 만들어봤는데 이것도 역시 망쳤다. 아무래도 누카즈케는 나와 맞지 않는 것 같아 그다음부터 먹고 싶어지면 반찬가게에서 사 먹었다. 그러나 반찬가게에서 파는 것은 혼자 사는 나에게는 너무 많은 양이어서 오래 두고 먹으려니 짠맛이 강해져서 먹을 수 없었다. 결국 누카즈케는 나와 인연이 없는 음식인가 싶어 포기하고 있었다.

그런데 늘 들어가 보던 한 여성의 인스타그램에 냉장고에서 쉽게 만들 수 있는 누카즈케 상품이 소개되었다. 누카도코가 이미 들어있기 때문에 지퍼백 안에 각종 재료를 넣기만 하면 완성된다. 손쉽게 만들 수 있을 것 같아 인터넷 쇼핑몰에 들어가 검색해보니 3천 건 이상의 리뷰가 달려있었다. 그것도 총 5단계의 평가에서 4.6 이상의 높은 점수를 받은 상품이었다. 이미 많은 사람들이 이용하고 있는 인기 상품이었던 것이다. '냉장고에서 만드는 숙성 누카도코 800g 스타터 세트'라는 제품을 구매했다. 세금 포함 1천 엔인데 무료로 배송된다. 우편함 배송이 되기 때문에 집에서 택배를 기다려야 하는 번거로움도 없다.

배송되던 날, 우편함 속에 들어있던 택배 상자를 열어보니 가로, 세로 20cm, 두께는 9cm 정도의 지퍼백에 누카도코가 들어있다. 거기에 자신이 좋아하는 채소를 넣고 냉장고에 넣어두면 누카즈케가 만들어진다. 집에 참다시마가 있길래 그걸 잘라 넣어봤다. 누카도코를 만들 때 필요한 초기 발효과정도 필요 없어서 내가 제일 좋아하는 오이와 생강을 넣었다. 나는 오래 절인 채소는 별로 좋아하지 않아서 다음 날 아침에 먹을 만큼만 저녁 식사 후에 담가두었다. 어떤 맛이 날지 기대가 됐다.

다음 날 아침에 오이와 생강을 꺼내 먹어보고는 나도 모르게 "맛있다"라는 탄성이 나왔다. 담글 때 채소를 소금에 절이지 않았기 때문에 짠맛은 덜했는데 나는 그게 더 좋았다. 쇼핑몰 리뷰에서는 처음 만들면 짜다고 쓰여 있었는데 내 입에는 그렇지 않았다. 아마 오이를 소금에 절이지 않아서 그런 것 같다. 짜다고 느끼는 정도는 사람마다 다르다. 나의 경우 금방 담근 걸 좋아해서 절임 시간을 비교적 짧게 한다. 더 짠맛을 원하는 사람이라면 누카도코에 소금을 추가하고 심심한 맛을 좋아한다면 누카도코를 더 추가하면 된다. 자신의 취향에 따라 누카즈케를 만들 수 있어 편리하다.

설명서에는 누카즈케에 사용하는 재료로 오이, 가지, 당근, 무, 순무 등 흔한 채소 외에 셀러리, 아보카도, 호박, 방울토마토, 참마, 만가닥버섯 등 다소 생소한 재료도 나온다. 누카도코에 두부를 절일 수도 있다는 사실을 처음 알았다. 이런 재료들을 가지고 모두 누카즈케를 만들 수 있다는 사실이 흥미롭기는 하지만 우선은 오이와 생강 절임을 제대로 만들어보고 싶어서 이 두 종류만 계속 담그는 중이다. 전날 담근 절임은 다음날 다 먹고 저녁 식사 후에 새로 담그기를 매일 반복하고 있다.

이른 아침부터 땀방울이 송글송글 맺히는 더운 여름철에는 일어나면 바로 찬물부터 마시라고 하지만, 나는 아침에 일어나자 마자 칫솔로만 양치질을 하고 누카도코에 넣어둔 오이와 생강을 꺼내어 썬 뒤 몇 조각 집어 먹는다. 그러면 금세 땀이 식고 정신이 번쩍 든다. 아침, 점심, 저녁 매끼 먹어도 전혀 질리지 않고 먹을 때마다 맛있다는 생각이 든다. 10대, 20대 때는 누카즈케에 전혀 관심이 없었는데 중년에 들어서면서 좋아하게 되었다. 이것도 나이 탓일까.

이제 누카도코도 별로 남지 않아 더 사야 한다. 1천 엔이면 무료배송이 된다. 장기간 사용하지 않을 경우에는 담가둔 채소를 모두 꺼내고 누카도코만 봉지째 냉동실에 넣어두면 된다. 다시 사용하게 될 때 상온에서 자연 해동하면 된다고 하니 앞으로도 부담 없이 이용할 수 있을 것 같다.

누카즈케처럼 요즘 유난히 좋아진 음식 중에 녹차가 있다. 커피를 마실 수 없게 된 뒤부터는 홍차를 마셨는데 홍차에도 카페인이 많아 잠을 잘 못 잤다. 그다음부터는 카페인이 들어

있지 않은 홍차나 허브티를 주로 마셨는데, 요즘은 녹차 중에서도 번차(여름이 지난 뒤 남은 큰 잎으로 만든 녹차로 하급에 속한다)만 마신다. 가장 처음 딴 찻잎으로 만든 전차(찻잎을 쪄서 건조시킨 뒤 손으로 비벼서 만든 녹차)를 보내주는 지인이 있어서 그것도 마시지만, 이 역시 카페인이 들어있어서 아쉽게도 매일 마시지는 않는다. 그런데 알아보니 녹차 중에 가장 카페인이 적은 것은 호지차(찻잎으로 전차를 만드는 공정에 가열과정을 추가해서 만든 갈색차)나 번차였다. 매일 차를 마시는 나 같은 사람에게는 그런 차가 더 맞는 것 같았다.

그래서 유기농 호지차를 몇 번 시험 삼아 사봤는데 내 입에는 맛이 좀 강했다. 이유는 모르겠지만 재료 자체의 강도가 확 드러나는 느낌이랄까. 유기농이 아닌 교토산 호지차가 향기도 좋고 맛도 좋아 오히려 내 입맛에 맞았다. 그런데 호지차에서도 카페인의 영향이 나타나기 시작해서 요즘은 가끔만 마신다. 결국 내가 매일 마실 수 있는 차는 번차밖에 없었다.

유기농 여부와 상관 없이 오프라인 매장이나 홈쇼핑에서 여러 종류를 사서 맛보고 최종적으로 선택한 게 '우오가시 명차'라는 일본 차 전문점의 '호교쿠'라는 번차다. 맛이 깔끔해서 더운 날 마시면 시원했다. 나는 원래 떫은 차를 좋아하는데 오래 우려서 진하게 마시면 오후에 일할 때 집중이 더 잘 됐다. 코로나 19로 외출을 자제하던 시기에는 매장에 직접 사러 갈 수 없어서 홈쇼핑으로 여러 번 구입했다.

여기서 문제가 된 것이 찻주전자다. 나는 되도록이면 미세 플라스틱의 피해를 막기 위해 티백은 사용하지 않고 찻잎을 그대로 넣어 우려 마신다. 홍차를 마실 때는 영국 사람들이 주로 사용한다는 '브라운 베티'라는 포트를 사용했는데 뜨거운 물을 따르는 주둥이가 넓지 않아 설거지할 때 조금 불편했다. 번차는 홍차와 다른 주전자로 찻잎을 우리고 싶어서 번차용 찻주전자를 찾아보았다. 내 취향으로는 옛날 마을회관 같은 곳이나 학교에서 사용하던 파란색에 하얀 물방울무늬가 그려진 작은 옹기 주전자가 갖고 싶었다. 비슷한 것을 파는 가게도 있었지만 혼자 사용하기엔 용량이 너무 커서 포기했다.

내가 원하는 것은 혼자 사는 사람에게 딱 좋은 사이즈일 것, 디자인은 단순하고 안쪽에 금속이나 플라스틱 소재의 차 거름망이 끼워져 있지 않을 것, 찻잔에 차를 따를 때 차 거름망이 없어도 될 것, 이렇게 세 가지였다. 이 중 하나라도 만족스럽지 않으면 구입할 수 없다. 인터넷을 아무리 뒤져봐도 디자인이 과하거나 일본식 무늬가 그려져 있기도 했고, 모양이 마음에 들면 안쪽에 차 거름망이 끼워져 있거나 해서 조건에 딱 맞는 제품을 찾기가 어려웠다.

그래서 예전에 스테인리스 접시나 밀폐용기를 구입한 적 있는 쇼핑몰 사이트에 들어가 보았다. 그곳에서는 현재 판매 중인 찻주전자가 종류별로 판매되고 있었는데 내가 원하는 조건을 모두 갖춘 상품이 있기는 했지만 아쉽게도 이미 품절된 상태였다. 그래도 일단 원하는 것을 찾았으니 이제는 어디에 재고가 남아있는지만 알아보면 된다. 크기는 350mL짜리와 200mL짜리 두 종류가 있는데 200mL짜리는 너무 작아서 큰 걸 사려고 검색해보았다. 마침 재고가 딱 하나 남아있어 주문했더니 바로 배송되었다. 요즘은 매일같이 이 주전자만 사용하고 있다.

이이호시 유미코 작가의 찻주전자인 이것은 지름 102mm, 높이 57mm의 원통형으로 주둥이와 손잡이가 달려있다. 원통형이라 세척하기도 쉽다. 다만 작가가 만든 거라 뚜껑을 따로 팔지 않아서 뚜껑을 떨어뜨리거나 부딪히지 않도록 사용할 때마다 조심한다.

누카즈케도 그렇고 번차도 그렇고 이 나이가 되니 옛날에 먹던 음식들로 취향이 바뀌었다. 어릴 때 엄마가 차려주신 밥상에는 주로 밥과 된장국에 반찬 몇 가지가 올라와 있었는데, 가끔 햄버그스테이크나 카레, 하이라이스 같은 서양 요리가 밥상에 올라오면 반가웠다.

피자는 고등학생 때 처음 먹어보고는 그 맛에 감격해서 그 뒤로 한 달에 한 번씩 아르바이트하며 모은 돈으로 친구 둘과 이탈리안 레스토랑에 가서 피자를 먹는 게 커다란 즐거움이었다. 졸업 후 광고대행사에서 일할 때는 아오야마나 아자부 같은 곳에 있는 최고 인기 맛집 찾아다니는 걸 좋아하는 동료가 있어서 함께 가곤 했다. 하지만 고급스러운 그곳의 분위기가 나와는 맞지 않아 불편했던 기억이 난다.

첫 직장을 그만두고 다른 회사로 옮기면서 혼자 살기 시작했는데, 이때부터 식사를 스스로 해결했다. 자취를 하면서 현미밥에 유기농 식재료만 구입하다 보니 생활비 중 식료품비가 차지하는 비율이 높았다. 직장을 그만두고 전업 작가로 나선 뒤에도 계속해서 직접 음식을 만들어 먹고 있는데 현미밥은 일찌감치 포기했다. 요즘은 쌀이나 된장, 간장 등의 조미료는 이왕이면 좋은 걸 먹으려고 하지만 그 밖의 것들은 유기농을 고집하지 않는다.

아침에는 뚝배기로 지은 밥에 건더기가 많이 들어있는 된장국을 먹고, 점심은 세 끼 중 가장 든든히 챙겨 먹는다. 고기는 점심에 먹는다. 밤에는 찐 야채나 두부 등을 주로 먹고 밥은 먹지 않는다. 요즘에는 세 끼 식사에 누카즈케를 추가하게 되어나로서는 호화로운 밥상이라 생각한다. 아침, 점심 식사 후에는 내가 좋아하는 찻주전자에 우린 향기로운 번차를 마신다. 남들 눈에는 화려하지 않고 수수한 색깔의 음식들만 가득한 지극히 소박한 식사일지 몰라도 나에게는 누카즈케와 번차가 곁들여진 최고의 식사다.

08

털실로 속바지를 뜨다

인구조사를 위해 지역 담당자가 인터폰으로 설명한 뒤 우편함에 서류를 넣어둘 테니 받으라는 내용의 안내문이 우리 집 우편함에 들어있었다. 그동안 몇 번 경험이 있어서 그런가 보다 했는데 배포일 첫날 담당자가 찾아왔다. 한 여성이 인터폰 너머로 배포 자료를 설명한 뒤 "주인분의 성함은 어떻게 되시나요?"라고 물었다. 우리 집 우편함에는 성만 적혀 있었기 때문에 이름을 확인해야 할 필요가 있었을 것이다.

'그렇지만 주인의 이름이라고?'

요즘 같은 시대에 여자가 인터폰을 받았다고 당연한 듯 '주인' 어쩌고 하는 표현을 쓰는 건 어이가 없었다. 아무 생각 없이 그저 대낮에 여자가 인터폰을 받았으니 아무 의심 없이 누군가의 아내라고 착각하며 '주인'이라고 했을 것이다. 남편은 없고 이 집의 주인은 나라고 하며 내 이름을 말했더니 약간 어색한 듯 웃으며 물었다.

"저, 어떤 한자를 쓰시나요?"

그래서 설명해주었더니 "협조해주셔서 감사합니다"라고 작은 목소리로 인사한 뒤 인터폰이 꺼졌다. 주인이 아니라 '세대주'라는 표현을 썼다면 아무 문제가 없었을 텐데 왠지 마음이 개운치 않았다. 나는 사소한 건 신경 쓰지 않고 무관심하게 생활하는 편이지만, 이상한 것이 마음에 걸려 기분이 상할 때가 있다.

이럴 때는 키보드를 멀리하고 뜨개질이나 바느질을 하면 흥분이 서서히 가라앉는다. 마침 얼마 전 받은 누빔 바느질 키트가 있어서 다섯 개의 행주를 꿰매며 개운치 않은 기분을 지워버리고 마음을 가라앉혔다.

앞글에서 여름 민소매용 실을 구입했다고 했는데, 여름 전에 준비가 착착 잘되고 있었다. 내가 뜨려는 민소매는 가슴 부분에만 그물뜨기가 들어가고 나머지는 메리야스뜨기라서 그물뜨기가 어울리지 않는 나도 입을 수 있을 것 같았다. 한창 더울 때는 아무래도 그물 모양이 시원하고 좋을 것 같아 나름 의욕에 넘쳤다. 하지만 시험 삼아 떠서 내 얼굴에 대봤더니 역시 그물뜨기 패턴은 나와 전혀 어울리지 않았다. 이렇게 제한된 부위에만 그물뜨기가 들어가 있는데도 어울리지 않을 수 있다는 사실에 나 스스로도 놀랄 정도였다. 실의 색깔을 연한 색이 아니라 진한 남색으로 했는데도 어울리지 않았다.

여자는 어느 정도 나이를 먹으면 젊었을 때 입던 옷 스타일보다는 우아한 디자인이 더 잘 어울린다고 한다. 하지만 나의 경우는 나이를 아무리 먹고 세월이 흘러도 전혀 어울리지 않는다. 희끗희끗한 흰머리 헤어스타일에 그물망 니트 스웨터를 입고 있는 사람을 보면 멋지다고 생각했는데 막상 내가 입으려니 엄청 늙어 보인다. 애초에 내 스타일과는 맞지 않는 것 같다. 할 수 없이 시험 삼아 떠본 걸 다시 풀어서 실타래를 만들어놓고 내년 여름을 위해 새로운 디자인을 구상 중이다. 역시 뜨개질을 할 때는 여름옷보다는 겨울옷을 뜨는 게 나에게 더 맞는 것 같다.

생활 속에서 미세 플라스틱 배출량을 최대한 줄이려고 폴리아크릴 같은 합성섬유가 들어있는 기능성 내의는 모두 처분하고 대신 이중 거즈 원단으로 된 내복을 구입했다. 이제야 안심할 수 있겠다 싶었는데 어느 날 뜨개질 책을 보다가 시선이 멈춰버렸다. 옛날 서양 잡지에 나왔던 디자인을 재해석한 것으로 보이는 레이스 달린 캐미솔과 속바지 세트를 발견한 것이다. 심플한 그물뜨기 디자인이 무척 사랑스러워 그 사진을 보자마자, '그래 바로 이거야!' 하며 뜨고 싶은 욕구가 솟구쳤다.

기능성 속옷이 없던 시절에는 여자아이들이 방한복으로 뭘 입었을까? 생각해보니 할머니나 엄마가 손수 털실로 짠 속바지가 있었다. 속바지는 절대로 새 털실로 뜨지 않았다. 해지거나 낡아서 못 입게 된 옷을 풀어서 뭉친 재활용 털실로 만들었다. 순모 털실은 입다 보면 점점 가늘고 약해지는데, 아직 스웨터로 좀 더 입을 수 있을 정도라면 헌 실에 새 털실을 한 올 혹은 두 올 겹쳐서 실타래를 만들어 스웨터나 카디건을 다시 떴다. 스웨터로 만들 수 없을 정도로 가늘어진 털실은 몇 가닥 합쳐서 속바지를 만들었던 것이다.

그렇게 만들어진 속바지는 내가 떠달라고 한 것도 아니고, 새 옷이라고 해도 다른 옷과 달리 조금도 기쁘지 않았다.

"잘 챙겨 입어"라고 엄마가 이야기해도 도저히 마음에 들지 않았다. 눈앞에 있는 속바지를 보면 이 초록색은 엄마 스웨터에서, 흰색은 동생의 스웨터에서 나온 털실이란 걸 한눈에 알 수 있었다. 내가 머뭇거리며 입기 싫어하는 눈치를 보이면 엄마가 한마디 했다.

"여자는 하체가 차가우면 안 돼"

엄마한테 혼나고 나서 어쩔 수 없이 입었다.

어렸을 때는 속바지의 효과가 어느 정도인지 이해하지 못했지만 나이를 먹은 지금은 충분히 실감한다. 털실로 짠 속바지의 따뜻함은 무엇과도 바꿀 수 없다. 그러나 당시 내게는 이 속바지야말로 촌스러움의 극치였다.

20여 년 전쯤 인터넷에서 방한용 복대나 니트 속바지의 뜨개질 도안을 보고 직접 떠본 적이 있다. 내가 직접 뜬 니트 속바지는 촌스럽긴 해도 애착이 갔고, 촌스러움을 극복할 만큼 따뜻해서 늘 입곤 했다. 그리고 지인들에게도 속바지든 복대든 그들이 필요하다고 하는 걸 뜨개질해서 선물하기도 했다. 그러자 이를 알게 된 다른 사람이 자기도 갖고 싶다고 해서 원하는 스타일을 물어보고 직접 떠서 선물했다. 어떤 사람은 방한용 복대를 갖고 싶다고 해서 그분 이미지에 맞는 색으로 떠주었더니 색깔이 너무 마음에 든다며 넥워머로 사용했다. 넥워머는 복대와는 사이즈가 다르고 뜨는 방법도 다르다고, 내가 드린 건 복대라고 말했지만 그녀는 상관없다는 투로 말했다.

"너무 따뜻해서 계속 목에 감고 있게 돼요"

어쨌든 몸 어딘가를 따뜻하게 하는 데 도움이 된 셈이니 나로서는 고마웠다. 내가 직접 떠서 더 애착이 가는 니트 속바지는 아직도 해진 데 없이 튼튼해서 날씨가 추워지면 어김없이 꺼내 입는다.

서양 뜨개질 책에 나온 사랑스러운 속옷 세트를 꼭 떠보고 싶어서 벽장 속에 있던 뜨개질 상자를 뒤졌더니 극세사 뜨개실이 나왔다. 뜨개질 책에 나온 것과 똑같은 실은 구할 수 없어서 가지고 있는 뜨개실 중 가장 가는 걸 사용할 수밖에 없었다. 원래 몸에 딱 맞는 옷은 잘 입지 않고 여유 있는 걸 좋아하는 편이지만 너무 헐렁하면 볼품이 없다. 가능하면 얇은 게 좋겠지만 아주 가는 실로 코 수가 많은 니트를 뜨기엔 내 나이를 고려하면 너무 힘들 것 같아 걱정이었다.

그래도 꼭 떠보고 싶어서 도전하기로 했다. 젊었을 때 여름에 안에 받쳐 입는 탱크톱을 면사로 한 번 떠본 적이 있다. 하지만 오래 입으니 어깨 부분이 점점 늘어나서 나중에는 레슬링복처럼 돼버렸다. 이번에는 그런 사태는 피하고 싶었다. 어깨끈이 가늘면 끈이 늘어나도 줄이기 쉬울 것 같았고 그물뜨기를 한다면 캐미솔의 여리여리한 분위기에 맞지 않을까 생각했다. 본판을 고무뜨기로 하는 방법도 있지만 그렇게 하면 따뜻할지는 모르지만 좀 두꺼워질 것이다. 그물뜨기는 겉옷으로는 어울리지 않아서 떠본 적이 별로 없는데 이 캐미솔을 그물뜨기로 하면 좋겠다는 생각이 들었다.

뜨개질 도안을 자세히 들여다보니 두 번째로 가는 바늘인 1호 바늘로 뜬 것이었고 캐미솔 자락의 스캘럽(소맷부리나 옷자

락에 부채꼴의 천을 이어 댄 장식) 부분은 앞뒤 합쳐서 290코, 몸판은 279코로 코 수가 상당히 많았다. 속바지를 뜰 때는 극세사보다 굵은 실이었고 코 수도 이렇게 많지 않았다. 평소 자주 뜨는 스웨터는 앞, 뒤판 모두 합해서 200~230코 정도였는데 이미 노안이 된 내가 이걸 뜰 수 있을지 또 불안해졌다.

그러나 이제 어쩔 수 없다. 가는 바늘에 가는 실로 시험뜨기를 해서 게이지를 내봤더니 몇 번을 다시 떠도 정해진 치수가 나오지 않는다. 나는 느슨하게 뜨는 편이라 항상 지정된 바늘보다 두 단계 가는 바늘로 떠서 조절했는데 이번에는 1호 아래로는 0호밖에 없어서 0호 바늘을 사용해도 역시나 크다. 더 가는 바늘은 국산 중에는 없다. 양말을 뜰 때 사용하는 외국산 가는 금속 바늘을 사용했더니 정해진 게이지와 그나마 조금 비슷하게 됐다. 그럼에도 여전히 커서 도안을 처음부터 다시 조정해야 했고, 230코 이상은 떠야 했다.

막상 기초 코를 뜨려고 해도 시작부터 난관이다. 세고 있다 보면 몇 코였는지 헷갈려서 캐미솔 뜨기의 첫걸음조차 내딛지 못했다. 다시 처음부터 하나, 둘 세어 확인하는 게 확실하겠지만 셀 때마다 코 수가 달라지는 식은땀 나는 상황이 벌어졌다. 그걸 다시 풀고 코 수를 세는 작업을 반복하면서 간신히 기초 코를 만들었다. 낮에 일을 하고 저녁 식사를 마친 뒤 뜨개질을 했는데 갑자기 피곤이 밀려와 그날은 기초 코 뜨기만 끝내고 뜨개질을 마쳤다.

다음 날 마음을 다잡고 다시 뜨개질을 시작했다. 무늬를 외울 때까지는 코의 기호와 씨름하느라 손에서 책을 놓을 수 없다. 이때 처음으로 그물뜨기는 코 수 세는 게 상당히 귀찮다는 생각이 들었다. 그물뜨기의 그물망 부분은 뜨지 않고 바늘에 실을 걸기만 하고 다음 코로 넘어간다. 그리고 다음 단에서 바늘에 실을 걸었던 부분을 뜨면 구멍이 생기는데 그것이 그물뜨기가 된다. 내가 좋아하는, 비침이 거의 없는 고무뜨기는 코 수가 조금이라도 틀리면 금방 티가 난다. 하지만 그물뜨기는 우선 전체 그물 무늬를 파악하지 못하면 코 한 개가 틀렸는지 아닌지 도저히 알 수가 없다. 뜨개의 기본인 기초 코의 수조차 틀리는 게 바로 나다. 이러니 작업이 순조롭게 될 리가 없다.

"어? 뭔가 이상한데"

이렇게 말하며 고개를 갸웃거린 게 한두 번이 아니다. 코 하나만 잘못돼도 모든 모양이 망가진다. 1단에 2백몇십 번, 그게 120단이 넘으니 3만 번 이상을 떠야 한다. 그중 단 한 번의 실수도 허용되지 않는다. 게다가 실은 아주 가늘어서 한 단, 한 단 끙끙거리며 힘겹게 끝에서 끝까지 확인해야 한다. 중간에 몇 개까지 셌는지 잊어버려서 처음부터 다시 세는 작업을 반복했다.

요즘엔 할 수 있을 것 같던 것들이 안 돼서 속상했는데 이건 아예 안 된다는 것을 알았다. 아무리 노력해도 안 되는 건 안 된다는 사실을 깨달은 것이다. 그래서 지난번에 산 뜨개질 책 중에 몇 가지 마음에 드는 무늬를 골라 좀 더 굵은 실로 전체 230코 정도인 도안을 그리기 시작했다. 시험뜨기를 해보니 캐미솔의 하늘거림은 사라진 평범한 니트 속바지가 되어버렸다. 잡지에서 봤던 그 이미지가 아니었다. 하지만 나에게는 처음 생각했던 방식대로 계속 뜰 수 있는 능력도, 기력도 없었다.

이렇게 된 이상 어쩔 수 없다. 여러 벌 떠본 경험이 있어서 익숙한 방식과 익숙한 실로 캐미솔을 뜨자, 엄청나게 따뜻하고 엄청나게 촌스러운 속옷 한 벌을 만들자, 그렇게 결심했다.

09

고양이 시이를 떠나보내다

2020년 11월 1일 우리 집 고양이 시이의 장례를 치렀다. 시이는 전날 새벽에 22살 7개월 28일의 나이로 하늘나라로 떠났다. 지금까지 감기 한 번 걸린 적이 없었는데 죽기 닷새 전부터 물밖에 입에 대질 않았다. 병원에 갔더니 어디 병에 걸린 건 아니고 그냥 나이가 많아서 그런 거라고 했다. 그때는 그 말에 안심했었다. 늙은 고양이 중에는 음식에 관심을 보이지 않는 경우가 있다는 의사 선생님의 이야기를 듣고 그럼 앞으로 어떻게 해야 하나를 고민하던 중이었다.

원래부터 우리 고양이는 소식을 하고 편식도 심해서 먹이 주는 데 고생을 많이 했다. 음식으로 고양이를 기분 좋게 하는 건 꿈도 꾸지 못했다. 식사의 기본이 되는 건식 사료를 찾기 위해 얼마나 많은 상품을 구입했는지 모른다. 고양이용 캔도 시험 삼아 두세 개 정도 사봤는데 아주 맛있게 먹길래 24개들이 한 박스를 샀다. 그랬더니 사두자마자 먹지 않아 정말 난감했다. 게다가 첨가물이 들어있는 것도 싫어하고 입도 짧아서 여러 종류의 음식을 조금씩만 먹는다. 그래서 나는 이걸 '가이세키(다양한 음식이 조금씩 순차적으로 담겨 나오는 연회용 코스 요리) 식사법'이라고 이름 붙였다.

고양이 입맛에 맞게 이탈리아나 독일산 유기농 식품과 국산 식품을 다양하게 구입해서 대략 8~10종류는 항상 비축해두었다. 매일 밥그릇은 여섯 개를 나란히 놓아주었다. 모두 다 깨끗이 비우는 것은 아니므로 남은 건 버려야 했다. 음식물 쓰레기도 많이 나오고 경제적으로도 아주 비효율적이었지만 그 방법이 아니면 먹질 않아서 어쩔 수 없었다. 나를 만만하게 보고 '투정을 부리면 좋아하는 먹이가 나온다'고 생각하는지도 모르겠다. 시판용 사료를 먹지 않을 때는 생연어를 살짝 데쳐서 잘게 썰어주거나 반건조 가다랑어를 살짝 익혀서 매일 주었다. 그것도 그릇을 싹싹 비우는 날은 많지 않았다.

먹는 양이 적은 것에 비해 활발하고 운동량이 많아 22살이라는 나이가 되어서도 높이 45cm 정도의 침대 위를 오르락내리락할 수 있었다. 동물병원에서 데려가면 어릴 때는 "고양이가 참 활발하네요"라는 말을 들었고, 나이들어서도 "아직 건강하네요"라며 의사가 감탄하기도 했다. 3kg도 안 되는 작은 몸집에서 매일 엄청난 양의 똥이 나오는 것도 놀라운 일이었다. 항상 꼬리를 꼿꼿이 세우고 있는 게 기분이 좋아 보였다. 그런 모습을 보면서 나는 중얼거렸다.

"하긴 맨날 이렇게 이기적인 여왕처럼 사는데 기분 나쁠 일이 있겠어?"

말 그대로 우리 집 고양이는 도도한 멋에 사는 듯한 느낌이 들었다.

나의 하루 일과는 모두 고양이가 쥐고 있었다. 5시 반에서 6시 반 사이에 일어나고, 저녁 5시 반이 넘으면 일을 마친다. 목욕시간은 5분이고, 9시 반이 되면 "자, 이제 잠자리에 들 시간이에요"라며 나를 이끌듯 자신의 잠자리에서 일어나 내 침실로 들어간다. 그러면 고양이를 따라 나도 방에 들어간다. 침실에 들어가면 돼지털로 만든 브러시로 고양이에게 빗질을 해주며 말을 건넨다.

"시이야, 잘 자렴. 오늘 하루도 고마웠어"

그러면 고양이는 그제야 자기 잠자리로 돌아간다.

아무리 건강하다고 해도 이미 초고령이었기 때문에 나는 시이가 21살이 되고부터는 사과하고 싶은 말, 하고 싶은 말은 꼭

전하려고 해왔다. 죽은 뒤에는 아무리 말을 걸어도 듣지 못할 테니 살아있는 동안 사과할 일이 있다면 사과하고 감사할 일이 있으면 감사의 마음을 전해야 할 것 같았다. 지난 22년 동안 필요 이상으로 화를 낸 적도 있었기 때문에 마사지나 빗질을 해주면서 사과했다.

"그때는 미안했어. 시이야, 너도 싫었지?"

나의 사과에 시이는 고양이 특유의 '가르릉' 소리를 내면서 눈을 감고 듣고 있었다.

잘 때도 예전에는 "잘 자"라는 한마디뿐이었지만 지금은 "오늘도 고마웠어"라는 말을 덧붙인다. 그동안 쭉 함께 해준 것에 대한 감사의 마음을 전하고 싶어서다. 그러자 "응"이라고 대답하듯 낮은 소리를 내며 대답을 한다. 내가 혹시라도 "고맙다"는 말을 깜빡한 날에는 내 침실을 나가다 말고 조용히 뒤돌아보며 내 얼굴을 물끄러미 바라본다. "당신 뭐 잊은 거 있지 않아요?"라고 말하려는 듯한 표정으로.

번쩍 정신이 들어 "그러네, 오늘도 고마웠어"라고 말하면 그제야 수긍한다는 듯이 방을 나간다. 고양이가 이렇게 나를 채근할 줄은 몰랐다.

2020년 초, 밤에 침대에 누웠는데 문득 이런 생각이 들었다.

주인은 좋다고 생각해도 반려동물은 주인을 자기 뜻대로 선택할 수 없으니 그렇게 느끼지 않을 수도 있겠다 싶었다. 집 안팎을 자유롭게 드나들 수 있는 고양이의 경우 주인이 마음에 들지 않으면 다른 주인을 찾아 떠날 수 있다. 하지만 실내에서만 기르는 고양이는 아무리 주인이 싫어도 참을 수밖에 없다.

누워서 이런 생각을 하며 '시이야, 나 같은 주인 괜찮니? 널 더 행복하게 해줄 주인이 있었을지도 모르는데 우리 집에 와서 행복했을까?'라고 마음속으로 말하고 있었는데, 자고 있는 줄 알았던 시이가 느릿느릿 걸어서 내 앞으로 왔다. 그리고는 몸을 일으켜 앉은 내 앞에 주저앉아 밝은 목소리로 "야옹" 하고는 다시 돌아갔다. 그때 나는 처음으로 시이와 마음이 통했다는 걸 느꼈다.

시이가 물 말고는 입에 대지 않게 된 뒤부터 계속해서 연어와 가다랑어 살을 주었다. 잠자기 전에는 "고맙다"는 말뿐 아니라 "내일 또 보자, 알았지?"라는 말도 덧붙였다. 갈수록 야위어 가긴 해도 실내에 있는 16cm 단 차 정도는 내 도움 없이 잘 올라갔다.

10월 30일 금요일, 그날은 외출했다가 고양이가 걱정되어 볼일을 조금 빨리 마치고 오후 2시 반에 집으로 돌아왔다. 내가 나갈 때 시이는 자고 있었는데 귀가할 때는 마중 나왔다. 그런데 저녁 5시 반이 넘었을 무렵부터는 뒷다리로 서 있질 못했다. 아침에는 혼자 화장실에서 볼일을 보았고 조금 전까지 느리기는 해도 온 방을 돌아다닐 수 있었는데 말이다. 그 모습을 보고 앞으로는 간병이 필요할 것 같아 슈퍼마켓에 가서 애완동물용 시트와 배변팬티를 사 와야겠다고 생각했다. 그리고 동물병원 의사 선생님에게 이것저것 물어봐야겠다고 다짐했다.

그날 밤 혹시 몰라 시이를 화장실에 한 번 데리고 갔다 와서 잠깐 잠이 들었는데 신경이 쓰여 제대로 잠을 이루지 못했다. 새벽 2시 반에 상태를 보러 갔더니 시이는 자고 있었다. 계속 깨어 있으려 했으나 졸음이 밀려와 꾸벅꾸벅 졸다가 5시가 못 돼 일어나 다시 가보니 그대로 죽어 있었다. 나는 깜짝 놀라 "아니, 왜? 왜?"라는 말밖에 할 수 없었다.

당장 시이의 몸을 미지근한 물과 비누로 깨끗이 닦아주고 목욕 타월 위에 눕혔다. 가능하면 난방의 영향을 받지 않도록 집안에서 가장 시원한 북향 현관에 등받이가 없는 의자를 놓고 그 위에 목욕 타월을 깔았다. 냉장고에서 아이스 팩을 있는 대로 다 가져와서 비닐봉지에 넣어 배 부위에 대고, 흰 바탕에 흰 꽃 자수가 새겨진 얇은 손수건을 시이의 몸 위에 덮어주었다. 추위를 싫어하는 아이였는데 차갑게 해줘야 하는 게 불쌍했다. 12개들이 고양이 캔 상자를 3단으로 쌓아 그 위에 시이가 쓰던 물그릇을 올려놓고, 시이가 좋아해서 자주 맡았던 향을 피워주었다.

올릴 만한 꽃이 없어서 동네 꽃집이 문을 열면 꽃도 사와야 했다. 아직도 혼란스러운 상태로 해야 할 일의 순서를 생각했다. 반려동물 장례식장에 데려갈 때 관 대신 사용할 상자도 만들어야 했다.

슬픔보다는 갑자기 해야 할 일들이 밀려와 어찌해야 할 줄 몰랐다. 사실 시이가 스무 살이 된 뒤부터는 매일 각오하고 있던 일이긴 했다.

"늙은 고양이는 한번 건강이 나빠지면 죽기까지 그리 오래 걸리지 않아"

고양이를 기르던 고등학교 동창이 알려주었기 때문에 우리 고양이도 그럴지 몰라서 항상 마음의 준비를 하고 있었다.

친구의 말처럼, 너무하다 싶을 정도로 그날이 정말 빨리 찾아왔다. 넋을 잃어 정신이 멍한 가운데서도 배에서 꼬르륵 소리가 난다는 게 화가 나기도 했지만, 제대로 먹을 건 먹어야지 싶어 평소와 다름없이 아침을 먹었다.

꽃집이 문을 여는 오전 11시에 맞춰 서둘러 꽃을 사러 나갔다. 돌아오는 길에 100엔 숍에도 들렀다. 관을 대신할 상자는 집에 있는 박스를 활용하면 되지만 그 상태로는 보기에 좀 그래서 박스를 덮을 흰 모조지를 샀다. 집에 돌아오니 마침 시이의 건강이 안 좋다는 소식을 들은 친구들이 우리 집에 와 있었다.

"시이는 어때?"

친구들은 밝은 표정으로 가볍게 물었다.

"새벽에 갑자기 하늘나라로 갔어. 지금 막 꽃을 사 오던 참이야. 작별 인사 해줘"

"정말?"

친구들은 깜짝 놀라며 황급히 집 안으로 들어갔다.

"너무 갑작스럽잖아, 시이야. 무슨 일이야? 너무 빨라. 어떻게 이럴 수가 있니?"

친구들은 그렇게 말하며 누워있는 시이의 몸을 쓰다듬어 주었다. 어쨌든 곧 장례를 치러야 해서 반려동물 장례식장에 문의했다. 고맙게도 두 친구가 곁에 있어 주겠다고 했다.

그 장례식장은 16년 전 친구의 고양이를 장사지낸 곳이다. 전화해서 물어보니 픽업은 무료지만 이틀 뒤인 월요일이 되어야 차를 보내줄 수 있다는 것이었다. 지금 상태로 시신을 방치하는 것보다는 되도록 빨리 화장하는 게 좋을 것 같아 픽업은 거절하고 우리 쪽에서 차를 준비하겠다고 했다. 그랬더니 다음 날 오후가 비어 있다며 어떤 장례 절차를 원하는지 물었다. 나는 납골하지 않는 반환골로 해서 개별 입회 방식으로 2시 반

예약을 했다. 장례식장에 갈 택시를 예약해놓을까 생각했지만, 유골함이면 몰라도 유해를 싣는 건 꺼리는 택시 기사가 있을지 몰라 반려동물 택시를 예약했다.

그러고 나서 관을 만들기 시작했다. 누워있는 시이의 몸 치수를 재어 서재에 접어둔 박스 중 크기가 잘 맞을 상자 두 개를 찾아냈다. 하나는 흰색인데 높이는 딱 맞지만 긴 쪽이 45cm에서 3cm가 모자랐다. 몸을 좀 구부리면 되겠다 싶어 시신을 살짝 만져봤지만 그건 무리인 것 같았다. 또 다른 상자에 간신히 들어갔는데 크기가 아주 빠듯했다. 높이를 10cm 정도가 되게 자르고, 상자 옆에 인쇄된 회사 로고가 보이지 않도록 박스테이프를 글자 부분에 덧붙였다. 그런 다음 모조지에 양면테이프를 붙여서 상자 전체를 흰 종이로 덮었다.

꽃도 사 왔고, 임시방편이긴 해도 시신을 넣을 관도 만들어져서 마음이 놓였다. 한편으로는 왜 내가 이런 작업을 하고 있는지 실감이 나지 않았다. 그러나 실제로는 몇 번씩이나 현관에 안치되어있는 시이에게 가서 "내일이 장례식이야"라고 말을 걸며 쓰다듬어 주었다. 뒤에서 보니 누워있는 시이의 뒤통수가 이상하게도 사랑스러웠다.

집에 왔던 친구들은 흰 국화와 스위트피 꽃을 사가지고 다시 와서 시이 앞에 놓아주었다. 친구들에게 장례식 날짜를 알려주고 평소 시이를 걱정해주던 다른 친구들에게도 연락을 했다. 한 친구는 자신의 차로 장례식장까지 갔다가 돌아올 때 집에 내려주겠다고 했다. 이른 아침부터 정신이 없었지만 모두 다 정리가 잘돼 다음날 장례식을 치르기만 하면 되었다. 서둘러 만든 흰색 상자 안에 시이가 좋아하던 핑크색 수건을 깔고 그 위에 시이의 시신을 올려놓은 뒤 주위는 꽃으로 장식했다.

다음 날 제시간에 반려동물 택시가 왔다. 집을 나설 때 시이의 시신이 들어있는 상자를 들고 있었는데도 불구하고 외출할 때마다 항상 그랬듯 집안을 향해 "그럼 시이야 다녀올게"라고 말을 하고는 쓴웃음을 짓고 말았다.

일요일이었지만 차량 흐름이 원활했고 도로 정체가 없어 무사히 목적지에 도착했다. 16년 전과 달리 장례식장은 매우 깨끗했다. 주말이라 그런지 사람들이 많이 드나들었다. 예전에는 목조 가건물 같은 곳에서 접수하고 조립식 건물의 작은 방에서 대기하다가 이름을 부르면 화장하는 곳으로 이동해, 거기서 작별을 하고 다시 부를 때까지는 대기하는 시스템이었다.

그러나 이번에는 깨끗이 정비된 건물에 접수처가 있었다. 창구에 있던 젊은 남자는 내가 적어놓은 '22살 7개월'이라는 나이를 보고 놀라워했다.

"와, 스물두 살 일곱 달이요? 대단하네요"

그의 말에 왠지 뿌듯했다.

내 이름이 적힌 팻말이 별채 방 앞에 세워져 있었고 안으로 들어가니 작은 방 양쪽에 예쁜 꽃으로 장식된 제단이 마련되어있었다. 집에서 가져온 사진을 제단에 놓고 장례 담당자인 젊은 여성과 함께 얇은 흰색 이불이 깔린 테이블 위에 시신을 올려놓았다. 분향을 마친 뒤, 덜렁거리기 잘하는 나는 향에 붙은 불꽃을 왼손으로 부채질해서 끄려다 실수로 왼손 검지가 불에 닿아 소리를 질렀다.

"앗 뜨거워"

친구는 괜찮냐며 걱정해주었지만 분명 시이가 이런 내 꼴을 보았다면 '아이고, 당신은 진짜 어쩔 수가 없네요'라며 분명 어이없어했을 게 뻔하다.

장례식 절차는 스님의 독경만 없을 뿐 거의 사람의 장례식과 같았다. 친구 중 한 명이 시이에게 줄 편지를 써왔기 때문에 그것을 몸 위에 놓았다. 날음식은 가져오면 안 돼서 소량의 건식 사료를 종이 상자에 넣어 입 앞에 놓아두었다.

방 안쪽에 있는 미닫이문을 열자 화장하는 장소가 나왔다. 16년 전 장례식 때도 친구들은 반환골을 선택해서 개별 입회를 했다. 당시에는 화장하는 곳에 네 개 정도의 기계가 나란히 있어 다른 시신들과 화장을 했던 기억이 있는데, 지금은 개인실에 가족만 모일 수 있게 되어있었다.

"시이야, 오랫동안 함께 해줘서 고마워. 안녕. 우리 다시 만나자"

친구 세 명과 나는 눈물은 흘리지 않고 밝은 얼굴로 손을 흔들며 시이를 떠나보냈다.

방을 나온 우리는 접수처 건물 안쪽에 있는 개인실에서 한 시간 정도 대기했다. 그곳에는 공양하는 데 필요한 물건들이 많이 있었다. 분골 가루를 담아 몸에 지닐 수 있게 한 펜던트나 불교용품, 반려동물의 사진을 인화해서 장식할 수 있는 다양한 종류의 사진틀 등이 늘어서 있었다.

사탕이나 고양이 캔 모양을 본뜬 향까지 팔고 있어 "와, 이런 것까지 있네"라며 감탄했다.

젊은 남성과 중년 여성이 와서 애견용 부적을 사 가는 걸 보니 수요는 있는 것 같았다.

담당자가 불러서 화장하는 곳으로 다시 돌아가 뼈가 된 시이와 마주했다.

"아이고 작아라"

나와 친구들은 입을 모아 동시에 말했다.

"이렇게 작아?"

가장 살이 올랐을 때도 3.1kg 정도로 몸집이 작았던 건 분명하지만, 그렇다고 해도 털과 근육이 없어지니 이렇게 작아질 줄은 몰라 새삼 놀랐다. 16년 전 장례를 치른 친구의 수컷 고양이도 시이와 마찬가지로 마지막에는 마르긴 했지만 뼈만 남았을 때 작다는 생각이 들지는 않았다. 그 고양이의 체중이 가장 많이 나갔을 때가 6kg 이상이었으니 그 고양이의 절반 정도밖에 안 되는 시이는 차이가 날 수밖에 없을 것이다. 정말 작았지만 시이의 뼈는 예뻤다.

담당자는 눈앞에 있는 시이의 뼈에 대해 설명한 뒤, 스테인리스 접시에 고이 놓인 뼈를 대기실로 가져다주었다. 사람을 화장할 때와 마찬가지로 뼈를 주워 담았는데 마지막으로 내가 머리뼈를 유골함에 넣었다. 시이가 워낙 작아서 장례식장에서 마련해준 유골함의 절반도 채워지지 않았다.

"유골함이 너무 크네"

내가 중얼거렸지만 담당자는 아무 말도 하지 않았다. 직원의 입장에서 "그렇군요"라고 내 말에 맞장구칠 수는 없었을 것이다.

"이거 어떻게든 해야 할 거 같은데?"

"49일이 지나면 작은 유골함을 사서 바꾸는 게 좋겠어"

친구와 나는 그렇게 말했다.

담당자가 유골함을 오동나무 상자에 넣고 앞에 흰 장식이 달린 예쁜 커버를 씌운 다음 내게 건네주었다. 장례식장에 도착한 지 두 시간 만에 장례식이 끝났다. 옛날에 비해 장례식장은 깔끔해졌지만, 깨끗하진 않아도 소박하고 대기실에서 다른 유족들과 이야기도 나눌 수 있었던 예전 장례식장이 더 좋았다는 생각이 들었다.

친구가 차로 집까지 바래다주었다. 집에 도착하자 친구는 시이의 유골에 말을 걸었다.

"시이야, 집에 왔어"

죽은 시이의 시신을 집에 두었을 때는 볼 때마다 몸을 쓰다듬으며 "어쩌다 이런 일이…" 하며 마음이 흔들렸는데 막상 화장을 하고 집에 돌아오니 마음이 홀가분해졌다. 몇십 년 전 포목점에서 준 실크 식탁보를 작은 테이블 위에 펼쳐놓고 그 위에 유골함을 안치했다. 시이는 내가 시야에서 보이지 않으면 싫어했기 때문에 내가 일하는 곳 바로 앞에 유골함 테이블을 놓아두었다. 그 주변은 내가 황급히 사 온 꽃과 친구가 사 온 꽃, 그리고 감사하게도 시이를 걱정해준 분들이 보내준 꽃으로 장식했다. 그랬더니 생전의 여왕답게 아주 화려한 장식이 완성되었다. 중국풍 동자 무늬가 그려진 작은 찻잔에 물을 담아 유골함 앞에 올려놓고, 생김새가 사랑스러워서 구입했던 아기 예수를 품에 안은 높이 15cm의 마리아상과 지인에게서 선물 받은 5cm 크기의 불교 지장보살 상을 양옆에 나란히 세워놓았다. 여러 종교가 뒤섞여 버렸지만 둘 다 생김새가 너무 귀여우니 괜찮지 않을까 싶다.

한껏 꾸며진 탁자 위를 바라보다 여왕님을 위해 더 화려하게 꾸며주고 싶다는 생각이 들었다. 그래서 세련된 유골함과 적당한 크기의 꽃병을 찾아보기로 하고 일하는 틈틈이 좋은 게 없는지 찾고 있는 중이다. 유골함은 종류가 너무 많아서 오히려 결정하기가 어렵다. 만약 시이가 이런 나를 본다면 '도대체 뭐 하는 거예요? 그런 데 신경 쓰지 말고 얼른 원고 한 장이라도 더 써요!'라고 한소리 할 것 같다. 22년 동안 내 삶의 중심에는 고양이가 있었고 늘 고양이에게 잔소리를 들으며 살아왔다. 지금도 여전히 시이가 동그랗고 커다란 눈으로 날 관찰하며 잔소리할 거리를 찾고 있을 것만 같다.

10

퍼즐에 도전하다

고양이 시이가 하늘나라로 떠났다. 현재 내 나이를 생각하면 고양이를 새로 입양해 키워도 끝까지 책임지고 돌보기는 어려울 것 같아서 시이가 쓰던 물건들을 하나씩 처분하고 있는데 양이 엄청났다. 우리 고양이는 변덕이 심해서 금방 싫증을 냈기 때문에 다른 걸로 바꿔줬다가도 전에 쓰던 걸 다시 찾을지 몰라 남겨두었던 것들이 많았기 때문이다.

우선 커다란 물그릇 하나와 밥그릇 6개가 있다. 고양이가 열여덟 살이 되고 나서는 허리를 굽히기 힘들 것 같아서 높이 7.5cm의 다리가 달린 물그릇을 사줬다. 게다가 시이는 눈앞에 차려진 밥을 조금씩 먹는 습관이 있어서 한 번에 6개의 밥그릇을 사용했다. 물은 하루에 세 번씩 갈아줬는데 정수한 물이 아니면 마시지 않았다. 그릇도 수돗물로 씻은 뒤 정수기 물로 헹궈주지 않으면 밥을 먹지 않았다. 그래서 시이가 거부감을 느끼지 않는 에코 주방세제를 사용해서 매일 7개의 그릇을 씻고 마지막에는 정수된 물로 헹구기를 반복했다.

밥그릇 외에 처분한 물건으로는 말년에는 거의 사용하지 않았던 유기농 코튼 소재의 돔형 침대, 크고 납작한 모양의 스크래처, 안으로 들어갈 수 있는 원형 스크래처, 옆으로 앉을 수 있는 스크래처가 있다. 그리고 병원에 데려갈 때 쓰던 캐리어, 매일 빗질할 때 사용한 돼지털 브러시와 금속제 빗 등도 처분했다. 의외로 물건이 많아 놀랄 정도였다. 그러나 고양이 화장실만은 처분하고 싶지 않아 계속 가지고 있다. 깨끗이 씻었기 때문에 시이의 흔적이 남아있지는 않았지만 그것을 보면 왠지 안심이 된다고 할까, 시이가 살아있었다는 증거가 되는 것 같아 버릴 수가 없다.

물론 시이의 존재를 알려주는 건 많다. 컴퓨터 화면에서 고개를 살짝 들기만 해도 꽃으로 둘러싸인 시이의 유골함이 보이고, 벽이나 액자 속에도 사진이 있기 때문에 그걸로도 충분하다. 그런데 나 자신도 이해할 수 없지만 화장실만큼은 처분하고 싶지 않았다. 크기가 커서 처분하기 어려운 점도 있다. 그래도 49일이 지나면 처분하려고 한다. 또 얼마 안 되는 시이의 뼈 양에 걸맞은 작고 귀여운 유골함을 샀으니 이번 기회에 유골함도 바꿔줘야겠다.

시이가 살아있을 때는 당연한 일상이라 여겼는데 막상 시이가 떠나고 나니 집안일이 놀라울 정도로 편해졌다. 아침 일찍부터 고양이 화장실을 청소하고 7개나 되는 그릇을 깨끗이 씻을 필요도 없고, 하루에도 몇 번이나 15분에서 30분씩 빗질이나 마사지를 해주던 것도 한꺼번에 사라지니 시간이 남아돌았다. 이런 사실에 복잡한 감정이 들기도 했지만, 어쩌면 자녀가 진학이나 취업 등으로 집을 떠날 때 엄마의 마음이 이렇지 않을까 싶었다.

같이 살 때는 전혀 느끼지 못했는데 내가 항상 시이를 마음 한구석에 담아두고 있었다는 걸 깨달았다. 예를 들어 물건을 바닥에 놓을 때면 '여기 두면 시이가 돌아다닐 때 방해가 된다'거나 책상 위에 책을 쌓아 놓을 때는 '시이가 아래로 지나가다 혹시라도 책이 무너지면 큰일 나는데'라거나 하면서 늘 시이를 중심으로 생각하고 있었다.

지금도 여전히 책을 쌓으려다 순간적으로 '아, 시이, 위에서 뛰어내리면 안 돼'라고 중얼거리고는 바로 '아, 맞네, 이젠 이런 걱정 할 필요가 없지'라고 다시 생각한다. 이런 걸 보면 아직 시이가 없는 생활에 적응하지 못한 것 같다.

난 시이가 떠났을 때도 슬프지만 이상하게 눈물이 나지 않았다. '인간으로 치면 백 살이 훌쩍 넘을 때까지 감기 한 번 안 걸리고 잘 살아줬다'는 마음이 앞섰다. 이런 말을 친구에게 하자 친구가 말했다.

"지금은 그래도 나중에 갑자기 눈물이 터질 수 있어"

그 친구의 고양이는 20년도 더 전에 수술 도중에 세상을 떠났다. 너무 안타까운 상황이어서 친구를 위로하려고 전화를 걸면 항상 밝은 목소리로 대답했다.

"괜찮아"

그러던 친구가 고양이가 떠나고 한 달 뒤에 쓰러졌다.

시이의 경우 인간에 비유하자면 무병장수하다가 갑자기 세상을 떠난 것이었기 때문에 친구가 고양이를 잃었을 때의 기분과는 조금 다를 것이다. 나는 매일 담담하게 보내고는 있지만, 현재의 내 기분을 한 단어로 표현한다면 '덧없다'이다.

시이는 늘 나를 위에서 내려다보며 '뭐라는 거야?'라고 말하는 듯, 무민 시리즈의 리틀 미이 같은 눈빛으로 나를 쳐다보았다. 마음이 내키면 반응해줄 때도 있지만 대답하기 싫으면 못 들은 척했다.

그러다 자기가 원하는 게 있으면 '해줘요~ 해줘요~'라는 듯 귀찮을 정도로 계속 야옹거려서 아무리 바빠도 하던 일을 멈출 수밖에 없었다. 그런 평범한 일상들이 사라졌는데 슬프고 외롭기보다는 '덧없다'는 감정이 더 크다.

시이가 세상을 떠나고 나서 한동안은 살아있을 때 나를 깨우던 새벽 5시면 매일 눈이 떠졌다. 22년 이상 그런 생활이 계속되다 보니 몸에 배어 있었던 것이다. 그러다 최근에는 내 페이스를 찾은 것인지 5시에 눈이 떠지는 날이 점차 줄어들었다. 시이는 밤 9시 반이 넘으면 '이제 잠자리에 들 시간입니다'라는 듯 나를 채근했다. 그 시간에 자고 일어나면 컨디션이 아주 좋았던 것은 모두 시이 덕분이라는 생각이 든다.

시이에게 할애했던 시간이 완전히 사라졌기 때문에 남아도는 시간을 어떻게 써야 할지 고민스러웠다. 일하는 시간을 굳이 늘릴 생각은 없고, 계속 책이나 읽는 것도 좋겠다는 생각을 하면서 돼지털 브러시가 들어있던 서랍을 정리하는데 옛날에 샀던 목각 퍼즐이 나왔다. 크기가 서로 다른 조각판을 요리조리 잘 움직여서 가장 큰 조각판을 정해진 곳으로 빼내면 승리하는 슬라이딩 퍼즐의 한 종류다. 크기가 가장 큰 조각판 1개의 탈출을 방해하는 다른 조각판으로 작은 정사각형 모양의 조각판 4개와 가로가 긴 직사각형 모양의 조각판 1개, 세로가 긴 직사각형 모양의 조각판 4개가 꽂혀 있다.

처음 이 퍼즐을 사고는 도저히 맞추지 못해서 그대로 상자 뚜껑을 닫아버렸다. 오랜만에 다시 해봤지만 여전히 이 커다란 조각판을 빼낼 수가 없었다. 머리를 잘 굴리면 작은 조각판을 이용해 어떻게든 할 수 있을 것 같은데 몇 번을 해도 같은 조각판만 상하좌우로 이동할 뿐 가장 큰 조각판은 출구 근처에도 가지 못했다. 조금만 더 하면 될 것 같아 몇 번을 반복하다가 결국은 포기할 수밖에 없었다.

혹시 이걸 풀 수 있는 힌트가 있지 않을까 싶어서 인터넷으로 검색해보니 역시나 유튜브에 동영상이 있었다. 영상에서는 커다란 조각판을 빼내는 데 1분도 채 걸리지 않았다. 심지어 동영상을 올린 사람은 어린아이였다. 절대로 풀 수 없을 거라고 생각했는데 어린아이가 쓱쓱 조각판을 움직이더니 커다란 조각판을 출구 밖으로 빼냈다.

감탄하며 동영상을 보긴 했지만 내가 그 순서를 기억할 리가 없다. 처음부터 다시 시작해야 한다. 일단 나갈 수 있다는 건 알았으니 해볼 수밖에 없다. 하지만 아무리 노력해도 중간에 걸려버린다. 역시 이 조각판은 커도 너무 크다. 나무틀 안에서 조각판들만 허무하게 왔다 갔다 할 뿐이었다.

난 어릴 때부터 이런 퍼즐 같은 걸 좋아했다. 특히 옆집 언니가 선물해준 숫자 슬라이딩 퍼즐을 가장 좋아했다. 정사각형 안에 1부터 15까지 번호가 적힌 말과 손잡이가 그려진 말 한 개가 들어있었는데, 그 손잡이 달린 말 하나를 꺼내 1부터 15까지 번호가 적힌 말을 정사각형 안에서 움직이며 순서대로 나열하는 게임이다. 아무리 해도 싫증이 나지 않아 같은 게임을 반복했던 기억이 난다.

'지혜의 고리'라는 것도 있었는데 나는 이것을 매우 싫어했다. 간단한 건 힘껏 떼어낼 수 있지만 복잡한 건 힘만으로는 안 됐다. 지혜의 고리라는 이름처럼 지혜를 쓰지 않으면 안 되는데 몇 번을 해봐도 안 되니 화가 나서 현관에 집어던져 망가뜨리려 했다. 그걸 본 엄마가 나무랐다.

"넌 성격이 왜 그 모양이니? 네 동생을 좀 봐라"

동생은 진득하게 앉아서 계속 지혜의 고리를 만지작거리며 복잡한 것이든 뭐든 해내고야 마는 아이였다. 나중에 루빅 큐브가 유행했을 때도 순식간에 6면을 완성했다. 그런 부분에 대해서는 동생이 대단하다는 생각이 들었다.

갑자기 슬라이딩 퍼즐에 흥미가 생겨서 찾아보니 슬라이딩 퍼즐이나 지혜의 고리를 여전히 인터넷에서 팔고 있었다. 둘 다 가격이 몇백 엔밖에 되지 않는 걸 보면 아이들도 부담 없이 갖고 놀 수 있게 만든 것 같았다. 여기저기 퍼즐 사이트를 둘러보다가 저렴한 가격에 신이 나서 한꺼번에 두세 세트를 샀다.

나중에 배송되어 온 것을 확인해보니 '엉덩이 탐정 퍼즐'도 들어있었다. 아무래도 이것저것 클릭하다가 실수로 장바구니에 넣은 것 같다. 어찌 됐든 구매한 것이니 한번 도전해보았다. 아홉 개의 말 중 하나를 제외한 여덟 개의 말을 움직여서 나열하는 것인데, 어린아이용이라 금세 완성되니 재미없었다. 이것은 그래서 알코올로 꼼꼼히 닦아 자선단체에 기증했다.

다른 퍼즐들은 어떻게든 해냈는데 서랍 속에 있던 목각 퍼즐만큼은 여전히 풀지 못했다. 이걸 1분 만에 해냈던 유튜브 아이만큼은 도저히 이길 수 없었다. 일하다가 지겨워지면 다시 도전해보기도 했지만 여전히 진전이 없다. 동영상을 보면서 하면 틀림없이 커다란 조각판을 출구 밖으로 빼낼 수 있겠지만 그렇게 하면 게임 하는 재미가 없어지기 때문에 자제하고 있다. 솔직히 올해 안에는 불가능할 것 같다는 생각이 든다.

11

녹화해둔 TV 프로그램을 보다

보통 하루에 TV를 보는 시간은 길어야 2시간 정도다. 밤 10시에는 잠자리에 들기 때문에 내가 TV를 시청하는 시간대 외의 프로그램은 녹화를 해두었다가 나중에 한꺼번에 본다. 녹화 목록 중에서 그날의 기분에 따라 골라 보는데, 어떤 방송은 녹화 다음 날 보기도 하고 어떤 건 보고 싶다는 생각만 할 뿐 몇 달, 심지어 몇 년 동안 잊고 지낼 때도 있다.

그중 '수요일의 다운타운'이라는 프로그램은 반드시 녹화해두었다가 본다. 일본 방송비평가협회의 우수 프로그램상을 수상한 이 프로그램은 다루는 주제가 다양하고 폭이 넓어서 좋다. 예를 들어, '도쿠가와 요시노부를 실제로 봤던 사람의 이야기'라는 주제가 있었다. 도쿠가와는 1913년에 세상을 떴으니 실제로 봤을 가능성이 있으려면 기본적으로 100살 이상 되는 사람이어야 한다. 비록 그런 사람이 있다 하더라도 대화가 될 수 있는 상태여야 한다. 조사해본 결과 가능성 있는 사람들이 몇 명 있다고 하길래 어떤 사람이 나올지 궁금했는데, 방송에 나온 장수한 사람들이 남녀 관계없이 모두 나이보다 젊어 보이고 멋있는 데다가 품위가 있어서 깜짝 놀랐다.

옛날에는 100살 넘은 사람은 거의 없었다. 있다고 해도 대화할 수 있는 상태가 아니었다. 단지 살아있다는 것에 의미가 있었다. 그러나 지금은 100살이 넘었어도 실제 나이로 보이지 않고 스무 살 정도는 젊어 보였다. 도쿠가와 요시노부를 본 사람이 있다는 사실 자체도 놀라웠지만, 그보다도 100살이 넘은 그분들의 건강한 모습에 다시 한번 놀랐다. 억지로 꾸미거나 과장하지 않고 태도도 단정한 그분들을 보며 나도 본받고 싶다는 생각이 들었다.

'선생님 성대모사, 프로가 흉내 내면 학생들이 박장대소하는 이야기'라는 내용도 너무 재미있었다. 특이한 버릇이 있는 선생님을 성대모사의 달인이 동영상을 보고 흉내 낸다. "일반인 흉내는 정말 어렵다"며 엄살을 떨지만 결국 완벽하게 소화해 낸다. 이를 본 학생들은 눈물까지 흘리며 박장대소한다. 이 모습을 보며 역시 프로는 다르다는 생각에 감탄했다.

성대모사의 달인들이 연예인 흉내를 낼 수 있는 건 TV를 통해 수없이 봐서 그들의 특징을 잘 알고 있기 때문이다. 하지만 일반인인 학교 선생님을 본 건 그때가 처음이다. 그런데도 그들의 성대모사가 재미있다는 건 웬만한 역량이 아니라면 불가능한 일이다. 내가 언제 그런 식으로 말하고 행동했냐는 듯 이해할 수 없다는 선생님들의 표정도 재미있었다.

'새 연호를 맞힐 때까지 탈출할 수 없는 생활'이라는 주제도 어떤 식으로 내용이 전개될지 궁금한 마음에 기대하며 봤다. 연호를 잘 아는 사람이라면 금세 맞힐 수 있을 것 같지만, 연호를 알파벳으로 바꾸면 그렇게 쉽지만은 않다. '최근의 연호와 같은 음의 한자는 첫 글자가 될 수 없다'는 식의 애매한 힌트로는 도저히 추측이 안 되기 때문이다.

출연자들은 새 연호가 공표되기 전날부터 난방도 안 되는 작은 방에 갇혀 몇 개 안 되는 힌트만으로 답을 찾아내야 한다. 이 방송에서는 개그맨 콤비가 도전했는데, 출연자가 누구인가도 관전 포인트다. 개그맨이라도 퀴즈를 잘 푸는 박식한 사람이라면 지금까지의 연호를 바탕으로 쉽게 추측할 수 있어 생각보다 빨리 방에서 빠져나갈지도 모른다. 반대로 한자도 잘 모르고 쓰지도 못하는 사람이라면 영원히 그 방에서 빠져나가지 못할 수도 있다. 너무 박식해도 안 되고 그렇다고 지나치게 무지해도 프로그램 자체가 성립되지 않는다. 어느 정도 한자에 관한 지식도 있으면서 상상력도 있고, 무엇보다 끈기가 있어야 한다. 이런 조건을 고려했을 때 그들이 가장 적합해 보였다.

처음에는 의기양양한 태도를 보이다가도 자꾸 틀리다 보면 자신감을 잃기 마련이다. 이들 역시 그랬다. 감금된 지 이틀째부터는 퀴즈의 정답을 맞히면 현금을 받을 수도 있고 목록에서 원하는 물건을 살 수도 있었는데 그들이 가장 먼저 구입한 건 담배였다. 담배를 한 대 피우자마자 머리가 맑아졌다며 다시 힘을 내서 연호를 쓰기 시작했다. 흡연자에게 담배의 힘이 얼마나 대단한지 새삼 알 수 있는 장면이었다.

5분에 한 번씩 종이에 연호를 써서 제시하는 방식인데, 한 글자만 틀렸을 때는 나도 모르게 "아, 아쉽다"라는 소리가 나왔다. 그다음에는 맞힐 수 있을 것 같아 마음 졸이며 보다가 완전히 샛길로 빠지면 한숨을 쉬며 힘이 쭉 빠지기도 했다. 중간에 그들도 완전히 집중력이 흐트러졌는지 '그런 연호가 있을 리가 없잖아'라고 소리치고 싶을 만큼 어이없는 단어를 제시하기도 했다. 그럴 때면 "정신 차리고 제대로 좀 해봐!"라고 투덜거리기도 했다. 나는 이미 새 연호가 뭔지 알고 있으면서 왜 이렇게 몰입해서 보고 있는 건지 나 스스로도 이상할 정도였다. 그들이 언제쯤 답을 맞힐 수 있을까 하는 기대감 때문인지, 아니면 그들이 연호를 추측하며 한자를 쓰는 모습이 친숙해서인지, 이유는 모르겠지만 어쨌든 여느 때보다 집중해서 보았다.

결국 98시간 만에 간신히 ‘레이와(令和, 일본 나루히토 일왕 즉위 뒤 사용하고 있는 연호로, 2019년 5월 1일부터 적용)’라는 답을 맞혔을 때는 진심으로 잘했다고 박수를 치고 싶었다. 진짜 재미있었다며 다음 연호가 발표될 때 또 이 방송을 하면 좋겠다 싶었는데 곰곰 생각해보니 내 나이를 고려하면 다음 새 연호를 발표할 때 살아있을지 알 수 없다. 이렇게 재미있는 방송을 앞으로는 볼 수 없다는 현실을 깨닫고 나니 좀 우울해졌다.

평소 같으면 녹화한 다음 날 봤을 텐데 미처 보지 못했던 것 중 하나가 올해 10월에 방영된 ‘가장 천재였던 개그맨, 의외로 잘 풀리지 않은 이야기’였다. 최근에 고양이를 떠나보내 마음이 싱숭생숭하기도 했고 그 밖에 여러 일들이 겹쳐서 녹화를 해놓고도 지금까지 못 봤다.

TV에 자주 출연하는 개그맨들이 동기 중에서 가장 재미있었던 사람의 이름을 말하는 것이었는데, 지금 활발히 활동하고 있는 사람들도 있긴 했지만 대부분은 내가 모르는 사람들이었다. 그중 현재 활동하고 있는 사람들이 동기 중에서 가장 재미있었다고 입을 모아 추천한 사람이 있었다. 13년 전 당시 서른 살일 때 개그맨을 그만둔 남자다. 그 사람은 현재 결혼해서 처자식이 있고, 회사원으로 관광버스 운전을 하고 있었다.

사람들을 즐겁게 해주는 개그맨이 되고 싶어서 방송국에 들어갔을 테고, 게다가 개그맨의 꿈을 이룬 몇 안 되는 동기들로부터 재미있다는 인정도 받았는데 왜 그는 개그맨의 길을 걷지 않았던 것일까? 그 이유로 자신에게는 남들과 같은 열정이 없었다고 그는 말했다. 그때도 자신에게는 사생활이 더 중요했고 연습에 몰두하는 생활이 싫었다고 한다. '그래도 재밌으면 되지 뭐' 하며 그냥 계속하는 사람도 있겠지만 그는 그러지 않았다. 아마도 그는 냉정하게 자신을 바라보는 솔직한 사람이었을 것이다.

소속 연예인이 많은 대형 엔터테인먼트 회사에는 연예인이라고 불리는 사람들이 수천 명이나 된다고 한다. 그러나 TV에 나오는 건 언제나 같은 사람들뿐이다. 내가 보고 있는 건 빙산의 일각은커녕 빙산의 꼭대기 아주 작은 범위에 있는 사람들이었다. 개그맨 오디션 프로그램에 나온 사람 중 오랫동안 무명생활을 하다가 이 대회에서도 떨어진다면 개그맨은 이제 포기하겠다고 결심하고 참가했는데 여기서 우승해서 현재 맹활약을 펼치고 있는 콤비도 있다. 이들은 패자부활전에 나갔다가 본선에 올랐다. 동료들의 평가도 좋았고, 경쟁자들이 그들과 대결하는 게 무섭다고 말할 정도였다. 주위 사람들에게 높은 평가를 받는 같은 상황이었음에도 어떤 사람을 그 일을 그만두고 운전기사라는 봉급생활자의 길을 걷고, 어떤 사람은 아주 잘 나가는 연예인이 되었다. 매번 하는 생각이지만 인생은 참 알 수가 없다. 이런 생각을 한다는 건 내가 나이가 들었다는 증거일 것이다.

2019년 12월 어느 날, 잠자리에 들기 전에 라디오를 켰더니 한 외국인 남성의 인터뷰가 나왔다. 차분한 말투나 분위기로 보아 40대 정도로 여겨졌다. 인터뷰가 끝나고 DJ가 음악을 틀어주며 그의 노래가 얼마나 멋진지 설명해줬다. 곡을 들어보니 남자와 여자 여러 명이 번갈아가며 부르는 것 같았다. 그런데 그 곡을 6옥타브의 목소리를 가진 남자 혼자서 불렀다는 사실에 '세상에 이런 가수가 있다니' 하며 깜짝 놀라지 않을 수 없었다. DJ는 연말에 음악제가 있는데 그때 그의 노래를 들을 수 있다고 덧붙였다.

DJ가 여러 번 이름을 말해주었는데도 도저히 기억나지 않아 다음 날 키워드를 넣어가며 검색해보았다. 찾아보니 디마시 쿠다이베르겐이라는 카자흐스탄 가수였다. 차분한 말투나 노래 솜씨 때문에 노련한 40대 가수일 거라고 생각했는데 실제로는 1994년생이라는 사실에 놀랐고, 모델처럼 훤칠한 키에 미남이라 또 한 번 놀랐다. 세상에는 그 사람처럼 둘 또는 세 가지의 재능을 한꺼번에 타고난 사람이 있었던 것이다. 2019년 연말에 그가 출연한 음악 프로그램을 녹화해두었는데 어제서야 시청했다. 녹화 목록을 확인해가며 필요한 건 CD에 옮겨 저장하다가 미처 못 보고 지나갔다는 사실을 알았다. 1년이 지난 뒤에야 영상 속 그의 모습을 본 것이다. 목소리를 통해 느낀 인상처럼 20대 중반임에도 불구하고 침착하고 어른스러웠다. 무엇보다 노래가 사람의 목소리라고 생각할 수 없을 정도로 놀라웠다! 어디까지 소리를 낼 수 있는 건지, 이러다 무리해서 목이 상하진 않을지 걱정됐다. 참고로 국내판 CD는 발매되지 않았지만 동영상은 유튜브에서 볼 수 있다.

교육 채널의 해외 양재를 소개하는 '쏘잉비 2'라는 프로그램도 같은 날 시청했다. 방송에서는 스코틀랜드 전통의상을 놓고 대결이 펼쳐졌는데 심사위원이 먼저 기본적인 만들기 방법을 설명해준다. 예를 들어 토대가 되는 심지를 제대로 붙여서 무거워지기 쉬운 킬트를 지탱하고 허리 부분을 튼튼하게 만드는 것 등을 설명했다. 그의 설명을 들으며 그때의 일이 떠올랐다.

2019년 겨울, 친구와 백화점에 입점한 팝업 스토어에 우연히 들어가 본 적이 있다. 체크 원단으로 만든 스커트와 재킷 등을 전시하고 있었는데 한쪽에는 내가 지금까지 본 적 없는, 너무 아름다워서 말로 표현할 길이 없는 아름다운 색의 타탄체크 킬트가 있었다. 원단 색상의 아름다움에 이끌려 나도 모르게 가까이 다가갔다.

타탄체크라고 하면 흔히 떠오르는 색이 있는데 이 스커트는 핑크빛을 띤 베이지색 바탕에 오렌지, 진분홍, 짙은 갈색, 녹색 등의 격자무늬가 들어있었다. 그 격자무늬도 지금까지 본 적 없는 패턴이었다.

"색의 조화가 참 예쁘네요"

킬트 치마를 입은 남자 점원에게 말을 건넸다.

"이건 빈티지예요. 백 년쯤 되었을까, 천연염색이라 오랜 세월 동안 색깔이 변해서 지금의 이 색이 된 것 같아요. 옛날에는 색깔이 더 선명했을 거예요"

그러면서 점원은 선반에서 꺼내서 보여주었다. 손에 든 킬트의 느낌은 묵직했다. 겉감은 울, 안감은 무명천을 사용했는데, 여러 차례 수선한 흔적도 남아있었다. 이 킬트가 만들어졌을 당시는 아직 합성섬유로 된 안감이 보급되지 않았던 것인지, 아니면 전통의상에는 합성섬유를 사용하지 않는 것인지 알 수 없지만 원래 킬트는 남자가 입는 옷이어서인지 생각보다 두껍고 단단하며 묵직하다는 걸 알았다. 나중에 킬트 안에는 속옷을 입지 않는다는 걸 알았는데 그렇다면 안감에 무명천이 사용된 이유도 이해가 됐다.

또 하나 시청한 프로그램이 NHK에서 비정규로 편성한 '슈가 & 슈가' 중 장기 코너다. 장기 대국을 재현한 방에서 장기판을 사이에 두고 두 사람이 대치하고 있다. 장기판 중앙에는 거리에서 촬영한 사람들의 사진이 놓여있고 그들의 옷차림을 보면서 그들이 어떤 뮤지션을 좋아하는지 알아맞히는 대결이다.

대국에 따라 뮤지션 후보는 바뀐다. 장기의 말이 있는 위치에 뮤지션의 이름이 적힌 팻말이 나열되어있다. 거리에서 찍은 일반인 사진을 보며 그 사람이 좋아할 것 같은 뮤지션의 팻말을 앞으로 이동시켜 2승 하는 사람이 승리하는 방식이다.

옛날에는 어떤 뮤지션의 팬인지 한눈에 알 수 있는 옷차림을 한 사람들이 많았다. 그러나 지금은 누구누구의 열렬한 팬이라고 스스로 나서서 말해주지 않는 한 알아맞히기 어렵다.

나도 사진을 보며 답을 추리해보았는데 도저히 알 수가 없었다. 정답을 맞힌 사람은 사진 속 사람의 옷차림이나 그 사람에게서 풍기는 분위기를 보고 알아맞힌 것일까? 이처럼 어떤 기준으로 맞힌 것인지 상상하는 재미도 있었다. 프로그램 속 짧은 코너가 아닌 단독 프로그램이 되었으면 좋겠다는 생각이 들었다.

해가 갈수록 보고 싶은 TV 프로그램은 줄어든다. 녹화해둔 프로그램은 조금 보다가 재미없어지면 도중에 꺼버린다. 광고주들에게는 미안하지만 광고도 기본적으로는 스킵해버려서 시청 시간을 줄인다. 녹화는 해두었어도 흥미를 잃어서 보지 않고 지워버리는 프로그램도 늘어났다.

우리 집 TV는 구입한 지 거의 10년이 다 되어간다. 이미 충분히 자신의 역할을 다해서 가끔 화면 상태가 나빠지기도 한다. 요즘은 인터넷 방송도 있어서 만약 TV가 고장 난다면 더 이상 TV를 살 필요는 없을 것 같다고, 녹화해둔 프로그램을 보고 지우고 하면서 생각해본다.

12

새 컴퓨터를 연결하다

날씨가 점점 쌀쌀해져서 서랍장에서 스웨터를 꺼내 입었는데 고양이의 털이 붙어있었다. 가늘고 하얀 한 올의 털을 보며, 마치 시이가 '나 여기 있어요'라고 말하는 것 같아 나도 모르게 "응, 알겠어"라고 대답했다. 앞으로도 이렇게 겨울에 입던 다른 스웨터를 꺼내 입으면 시이의 털이 또 붙어있겠구나 싶어 반갑기도 하고 쓸쓸하고 복잡한 마음이 들었다.

이런 스웨터를 꺼내 입어야 하는 연말이 되면 해야 하는 일이 있다. 윈도 7 지원이 종료된 뒤에도 나는 브라우저를 크롬으로 계속 사용해왔다. 보안 소프트웨어를 강화했을 뿐 버전업은 하지 않았다. 컴퓨터 자체가 10여 년 전에 구입한 거라 업그레이드 해봤자 별 의미가 없을 것 같아서 윈도 10으로 바꿀 때

컴퓨터도 새것으로 바꿀 생각이었다. 윈도 10이 깔려있는 노트북을 이미 구입해두었다. 그럼 왜 당장 그걸 쓰지 않느냐면 인터넷 접속이 되지 않기 때문이다.

지금까지 사용하던 윈도 7 PC는 3년 전에 갑자기 인터넷이 끊겼다. 통신사에 연락하니 젊은 남자 두 명이 와서 아파트 안팎을 오가며 거의 한 시간 동안이나 작업을 했다. 덕분에 다시 접속이 되었다. 그런데 다음 날부터 컴퓨터를 켜고 진단 복구 툴을 사용하지 않으면 접속이 되지 않았다. 귀찮긴 해도 복구를 하면 일단 인터넷 접속은 되니까 매일 진단 복구 툴을 사용했다. 이런 불안정한 상태가 걱정돼서 새 컴퓨터를 사두었던 것이다.

지금까지 몇 차례 새 컴퓨터를 연결하려고 연말에 시도했었다. 원고 마감 기간에 컴퓨터에 손을 대는 건 위험이 커서 시간적 여유가 있는 연말밖에 기회가 없었기 때문이다. 현재 상태로는 매번 진단 복구 툴을 사용해야 접속할 수 있는데, 새 컴퓨터로 바꾼다면 순조롭게 접속이 될 줄 알았다. 그런데 아무리 해도 연결이 되지 않았다. 게다가 이전 컴퓨터에서 가장 큰 도움이 되었던 진단 복구 툴이 윈도 10에는 없었다.

"어떻게 해야 하는 거야!"

인터넷에 연결되지 않으면 아무것도 할 수가 없다. 여러 번 시도해봤지만 연결되지 않았다. 실망하면서 새 컴퓨터에서 케이블을 빼서 낡은 컴퓨터에 다시 연결했다. 번거롭긴 하지만 그렇게 하면 인터넷에는 틀림없이 접속되고 원고도 보낼 수 있으며 이메일도 송수신할 수 있다. 그래도 신경이 쓰여서 시간 날 때마다 새 컴퓨터에 케이블을 연결해서 접속해보려고 시도했는데 역시 인터넷은 안 됐다.

이런 와중에 구입한 지 10년이 다 된 컴퓨터에서 소리가 나기 시작했다. 그때가 여름이었는데, 인터넷으로 검색해보니 열이 나면 컴퓨터에 문제가 생길 가능성이 크기 때문에 열을 식히는 게 좋다고 했다. 마침 작은 잼 병이 6개 있어서 그걸 나란히 세워놓고 그 위에 노트북을 올려 바람이 통하도록 했다. 이로써 조금은 개선됐지만 사용할 때마다 소리가 점점 더 커지는 게 아무래도 신경이 쓰였다. 처음에는 작은 소리로 '부웅' 하는 정도였는데 나중에는 '뿌잉'이 되었고 최근에는 '뿌어엉'이 되었다.

"그래, 하긴 10년이나 일했으니 너도 힘들겠지"

그렇게 컴퓨터를 달래가며 계속 사용하고 있었는데 아무래도 큰 소리에 겁이 나서 굳게 결심을 했다.

"이제 새 컴퓨터로 바꿔야겠는걸"

혹시나 해서 사용 중인 컴퓨터 상태가 아직은 괜찮을 때 현재 접속 상황을 알아봤더니 '인터넷 접속 없음', '브로드밴드 접속 4'라고 나왔다.

"인터넷 접속이 없다고? 브로드밴드 접속? 그게 뭐지?"

자세한 내용은 모르겠지만 일단 인터넷에는 연결이 안 된 것 같았다. 또 인터넷에 연결할 수 없는 이유로 IP주소라는 게 인식되지 않아서 연결이 원활하지 않다고 했다. 사용하고 있는 PC의 IP주소를 찾는 방법이 나와 있길래 찾아보니 거기에 표시되어있던 '169.254…' 어쩌고 하는 번호가 내 컴퓨터와 일치했다. 이것 때문에 연결이 안 됐다는 걸 알긴 알았는데 그다음에 어떻게 해야 할지는 모르겠다. 새로 설정할 수 있다고 해서 시도해봤는데 '인터넷에 연결이 되어있지 않습니다'라는 문구가 떠서 결국 실패했다. 어쨌든 브로드밴드 접속이라는 걸 알았으니 새 윈도 10 PC에 연결할 때를 위해 브로드밴드 접속 방법을 복사해서 저장해두었다.

그 후 여전히 매일 큰 소리를 내는 낡은 컴퓨터를 사용하고 있었는데 어느 날 갑자기 진단 복구 툴이 종료되고 말았다.

"아, 끝났구나…"

사실은컴퓨터를 윈도 10으로 바꿀 때는 제조사에 연락해 설정에 관한 도움을 받을 생각이었다. 그러나 코로나 19 때문에 사람을 부르기도 그렇고, 인터넷 접속에 관해서는 제조사가

관여하지 않으며 연결이 된 상태에서의 서비스를 전제로 한다는 내용을 설명서에서 읽었던 기억이 났다.

“어떡하면 되는 거야, 도대체”

진단 복구 툴이 표시되지 않은 화면을 한동안 바라보면서 맥이 풀렸지만 이대로 방치할 수는 없었다. 일을 해야만 했다.

원고 집필을 위해 컴퓨터를 사용하기 시작한 건 비교적 빠른 편이었다. 윈도 95 때부터 사용했음에도 컴퓨터에 관해 자세한 건 아무것도 모르고 알려고 하지도 않았다. 그 게으름의 대가가 지금의 이런 사태를 만든 것이다.

아무리 끙끙거려도 상황은 변하지 않는다. 혹시 우연이었나 싶어서 약간의 기대를 안고 진단 복구 툴을 사용하려고 시도해봤지만 역시나 안 된다. 일을 쉴 수는 없으니 어떻게든 브로드밴드에 접속해야 한다. 접속 설정 등 이것저것 클릭하다 보니 ISP의 사용자 명과 패스워드를 입력하라는 화면이 떴다.

“응? ISP가 뭐지?”

처음 보는 단어였다.

“사용자 명과 패스워드란 말이지…”

이건 설마 아니겠지 하면서도 일단 사용자 이름에 내 이름을 한자나 영문으로 입력해보았는데 다음 화면으로 넘어가질 않는다. ‘그럼 그렇지’ 하며 누군가한테 받은 사용자 명이나 패스워드가 있는지 생각해봤다.

"처음 가입할 때 준 종이에 적혀 있던 그건가?"

갑자기 생각나서 서랍에 있던 서류를 꺼내어 입력해봤다. 드디어 접속이 됐다.

"와, 훌륭하네!"

너무 기뻐서 나 스스로를 칭찬해주었다. 게다가 수수께끼 같았던 ISP의 의미가 인터넷 서비스 프로바이더(Internet Service Provider)의 약자라는 사실을 알게 되었다.

"약자로 쓰지 말고 풀어 썼으면 더 빨리 해결되었을 텐데"

처음부터 ISP라는 단어를 알아챘으면 좋았겠지만 그러지 못한 것이 불만스러웠다. 그래도 내 힘으로 연결했다는 사실이 뿌듯했다. 컴퓨터 시스템을 이해한 것도 아니고 이곳저곳을 만지다가 얼떨결에 잘 해결된 것이지만 과정은 어찌 됐든 결과에 만족하면 되는 것 아닌가.

매번 긴 사용자 명이나 패스워드를 입력해야 하는 번거로움은 있지만 그래도 컴퓨터는 무사히 사용할 수 있게 되었다. 그러나 사용 중에 나는 소리는 점점 더 커졌다. 죽기 전의 마지막 외침이라고 할까, 폭발할 것 같아 걱정될 정도로 소리가 커졌기 때문에 이메일이나 교정쇄가 잘 오지 않는 주말에 새 컴퓨터로 교체하는 작업을 시작했다.

새 컴퓨터를 설치하고 유선 LAN 케이블을 연결해도 인터넷에는 접속이 되지 않는다. 역시 세상은 그리 호락호락하지 않았다. 필사적으로 브로드밴드 접속 설정을 했더니 세상에나, 제대로 연결이 됐다.

“나 진짜 대단한걸!!”

게다가 최신형은 더 똑똑해서 패스워드는 입력해야 하지만 예전처럼 ISP 사용자 명이나 패스워드를 입력하지 않아도 바로 브로드밴드에 접속됐다.

“이 정도면 감사한 거지”

지난 몇 년간의 고민이 눈 녹듯 사라졌다.

예전에는 PC에 관해 궁금한 것들을 인터넷으로 검색해서 찾아도 무슨 말인지 몰라 결국 아무것도 해결하지 못할 때가 많았다. 컴퓨터에 첨부된 가이드북도 쉽게 풀어서 설명한 게 아니고 알아듣기 어려운 문장으로 되어있어서 정말 난감했다.

그런데 최근에는 인터넷으로 찾아보면 방법이 나온다. 그것도 굉장히 상세하고 설명도 알기 쉽게 적혀 있어서 나 같은 사람도 금세 이해할 수 있다. 예전부터 그런 것들을 복사해서 모아두었기 때문에 급할 때 큰 도움이 된다.

무턱대고 처음부터 출장 서비스를 신청하지 않은 게 다행이라는 생각이 들었다. 직접 해보면 이렇게 할 수 있는 것들이 많다. 자신이 모르는 내용은 스스로 먼저 알아보고 직접 해봄으로써 뇌는 활성화된다. 편안하기만 하면 뇌는 작동하지 않는다. 컴퓨터를 인터넷에 연결하는 아주 간단한 작업에서도 배울 점이 참 많았다. 잘 아는 사람에게는 쉬운 일일지 몰라도 전혀 무지한 사람에게는 큰 일이다. 어려움이나 불편함은 머리를 쓰게 만든다. 이런 식으로 생활하다 보면 앞으로도 치매 걱정은 하지 않아도 될 것 같다는 희망이 생겼다.

괜히 우쭐해져서 글을 썼지만 사실 어제 다시 인터넷 연결이 끊겼다. 나이 먹은 사람의 삶은 참 다사다난하다. 아침에는 문제없이 잘 연결됐는데 화장실에 잠깐 다녀온 사이에 연결이 끊어졌다. 밤까지 연결을 시도했지만 전혀 해결되지 않았다. 인터넷 통신사에 연락해봐도 자신들이 제공하는 기기까지는 신호가 간다고 한다. 그게 무슨 뜻인지는 솔직히 알 수 없었지만 자기 회사의 잘못이 아니라는 건 알아들었다. 그날은 무슨 수를 써도 연결이 되지 않았고 기운이 빠져서 그대로 잠자리에 들었다.

오늘 아침에 일어나 그동안 문제가 생기면 보려고 복사해서 모아두었던 서류를 살펴보았다. 거기에는 연결이 되지 않을 때 할 수 있는 효과적인 비법이 들어있었는데 처음 알게 된 방법이었다. 그 방법대로 시도해보니 놀랍게도 바로 연결이 됐다.

"와, 이 사람 진짜 대단하네!"

이 방법을 알려준 사람을 칭찬하면서 아직까지는 문제없이 사용하고 있다. 이로써 인터넷 연결이 되지 않을 때 활용할 수 있는 지혜가 하나 더 늘었다. 앞으로도 이런 식으로 하나씩 하나씩 배우면서 인터넷을 사용할 수 있으면 좋겠다는 생각이 들었다.

13

30년 만에 신문을 구독하다

오랜만에 신문을 구독하기로 했다. 아마 30여 년 만일 것이다. 신문에 내 글이 연재되던 시절에는 신문사에서 보내줘서 신문을 구독했는데, 최신 뉴스를 바로 보지는 못해도 그걸로 충분했다. 연재가 끝나자 더 이상 신문이 오지 않았다. 그래도 내 생활에는 문제가 없었다.

신문 구독을 권유하는 사람이 찾아오면 계속 거절했다.

"뉴스는 인터넷으로 봐도 돼서 신문은 필요 없어요"

그러다 보니 신문 구독을 권유하는 사람도 점점 오지 않게 되었다. 뉴스는 주로 인터넷을 통해 보거나 일하면서 듣는 라디오, 하루에 두 시간 정도 보는 TV를 통해서 보고 있었다.

그것으로 충분하다고 생각했는데, 라디오는 몰라도 요즘 TV

뉴스에서는 내가 알고 싶은 내용을 거의 방송하지 않는다는 사실을 알고 언론의 보도 자세를 믿을 수 없다는 생각이 들었다. 그렇다면 내가 인터넷으로 직접 정보를 찾아보면 되지 않을까, 무엇이 더 진실에 가까운지 알 수 있으면 되지 않을까, 라고도 생각했는데 인터넷에는 지나치게 많은 정보가 넘쳐나서 가려내기가 어려웠다. 또 인터넷으로 뉴스를 보면 그 순간 나의 관심을 끄는 내용만 클릭하게 되어 그때 머릿속에 들어있지 않고 관심도 없는 내용은 그냥 지나치게 된다.

물론 세상에서 일어나는 모든 일을 다 알 필요도 없고 다 알 수도 없다. 그렇다고 옛날처럼 여러 종류의 신문을 구독하며 각 신문사의 정치 성향이나 내용을 서로 비교하거나 하는 건 나에게 맞지 않는다. 하지만 내가 보고 싶은 내용만 계속 보다 보면 사고방식이 한쪽으로 치우칠 것 같아서 모르는 분야의 내용을 접하는 기회가 있는 게 좋겠다는 생각이 들었다.

그때 내 눈에 띈 것이 여러 번 받은 신문 구독 안내문이다. 사실 그동안 몇 차례나 신청하려고 했으나 다음날이 되면 마음이 바뀌어서 연락처 등을 기입한 신청서를 버리곤 했다. 그러다 지난해 말 또 안내문이 우편함에 들어있는 걸 보고는, 이렇게 고민할 거라면 한동안만이라도 시험 삼아 구독해보는 게 좋겠다 싶어 신청하기로 했다. 신문사마다 보수, 진보 등으로 정치 성향이 기울어 있다고 해도, 그로 인해 내 생각에 영향을 받을 것 같지는 않아서 별 고민 없이 안내문에 나온 신문을 구독하기로 했다.

신청을 하고 나니 신문사에서는 문자가, 보급소에서는 확인 전화가 걸려왔고 원하는 날짜에 신문이 배달되었다. 그리고 새로 도정한 백미 5kg도 함께 받았다.

"아니, 이것도 주시는 건가요?"

깜짝 놀라 물었다.

"네, 맞아요"

보급소 지국장은 시원스레 말하고 계약서를 주고 돌아갔다.

'웬 쌀? 그것도 이렇게나 많이?'

고개를 갸우뚱했다. 얼마 전에 쌀을 구입한 터라 나에게는 필요 없어서 취약계층에 무료 급식을 제공하는 봉사단체에 기부했다. 요즘은 신문을 구독하면 선물도 준다는 걸 처음 알게 되었다.

30여 년 만에 신문을 보고 놀란 게 또 있다. 전단지가 너무 적다는 점이다. 신문마다 다르겠지만 옛날에는 신문 안에 들어있는 전단지가 너무 많아서 딱히 필요 없는 나에게는 상당히 귀찮았다. 지금은 귀찮기는커녕 '이것밖에 없어?'라는 말이 나올 정도로 전단지가 적었다. 오래전에 신문 활자 크기가 커졌다는 말을 들은 적이 있는데, 그렇다면 정보량도 줄었을 텐데 신문이 더 얇아졌다는 건 신문사 입장에서도 좋은 상황은 아닐 것이다. 전단지가 별로 없다는 건 그만큼 광고도 줄었다는 뜻일 텐데 쌀을 5kg이나 공짜로 줘도 되나 걱정이 되었다.

신문 광고도 주 독자층이 중장년층이어서인지 건강에 관한 것들뿐이었다. 연령층으로 보면 딱 내게 들어맞는 내용이다. 건강 관련 산업이 가장 돈이 되는 산업이어서인지도 모른다. 예전에는 전면에 대기업 광고가 실리곤 했는데 내가 구독하고 있는 신문에는, 아마 다른 신문도 마찬가지겠지만, 전면 광고는 주로 장노년층 생활용품을 파는 홈쇼핑 광고라든가 지역 특산품, 새치 염색 샴푸, 손발저림 개선제 같은 것들이 대부분이었다.

그밖에도 신문 곳곳에 '무릎', '눈', '허리', '통증', '고혈압', '완화', '건강', '사망보험' 같은 단어들이 눈에 띄었다. 예전에는 5단 광고의 절반은 주간지나 월간지 광고가 차지하고 있었는데 그것도 많이 사라졌다. 젊은 층이 신문을 읽지 않으니 그들을 대상으로 하는 책 광고는 보이지 않게 된 것이다. 단행본이나 문고본 광고도 거의 없는 걸 보면 신문과 출판이 얼마나 사양길에 접어들었는지 알 수 있다. 이런 식으로 구독자의 연령이 높아졌음을 확실히 알 수 있었는데 의외로 투고란에는 10

대들의 글이 많았다. 학교 선생님들이 신문을 읽으라고 시키기라도 한 걸까?

매일 신문을 읽다 보면 인터넷에서는 얻을 수 없는 정보가 많다는 것을 알게 된다. 물론 속도 면에서는 인터넷을 따라갈 수 없다. 전날 라디오에서 듣거나 인터넷에서 본 뉴스가 신문에 실려있기도 하다. 그러나 그 밖의 지역 정보나 기자가 직접 취재한 기사는 흥미로웠다.

예를 들어, 일본 최초로 양장을 입은 황후로 알려진 쇼켄 황태후의 대례복 드레스 중 한 벌은 유럽에서 만든 것이 아니고 일본에서 수를 놓은 것이었다거나, 총리의 연봉이 1만 엔인 시대에 로쿠메이칸(일본제국 시절 외교공관)의 총 공사비용이 18만 엔이었다거나 하는 내용이다. 쇼켄 황태후가 몸에 걸친 보석 등을 포함해 대례복에 들어간 비용이 로쿠메이칸 공사에 들어간 경비와 비슷한 약 15만 엔이었다는 내용도 나온다. 요즘 돈으로 환산하면 총리의 연봉이 약 4천만 엔 정도니 대례복에 6억 엔이 든 셈이다. 이런 내용은 인터넷에서는 도저히 접할 수 없다. 쇼켄 황태후의 대례복이나 역대 황실 여성의 예복에 관한 연구를 하는 사람이라면 알 수 있겠지만 일반인이 검색할 만한 내용은 아니다. 그러나 신문에는 그런 기사도 실려있어서 자수나 수공예에 관심이 많은 나로서는 너무나 반가웠다.

그밖에도 옛날 사람이든 요즘 사람이든 상관없이 연예계에 종사하는 사람들의 이야기, 동네 가게 이야기, 성소수자나 취약계층의 이야기, 지역의 역사 등 인터넷에서는 다루지 않는 주제들이 많아 매우 흥미로웠다. 특히 노견을 돌보는 이야기가 담긴 연재물도 있었는데, 늙어서 주인과 함께 사는 개나 하늘나라로 떠난 개의 사진을 보면 개와 주인의 관계가 상상되어 마음이 따뜻해진다. 물론 국내외 정치, 경제 기사도 읽어보았다. 러시아에서는 주술사가 코로나 퇴치를 위해 기도를 시작했다는 기사가 사진과 함께 실려있었다. 최근 신문에 모리 요시로 전 총리가 그동안 했던 실언 모음을 표 형태로 정리해 놓은 걸 보고는 웃음이 터지고야 말았다.

다행히 나는 아직까지 신문 광고에 나오는 실버 용품을 사용해야 할 정도는 아니라 그런 광고를 그냥 흘려 넘겼는데, 어느 추운 겨울날 한 광고가 내 눈에 들어왔다. 어렸을 때부터 알고 있던 한 회사의 광고였다. 요즘 모든 회사들이 경영난을 겪고 있다던데 아직도 이 회사가 건재하나 싶어 반가웠다. 엄마의 화장대에는 항상 이 회사의 핑크색 핸드크림이 놓여있었다. 겨울이 되면 흰 도자기에 들어있던 크림을 바르는 게 좋았는데 손에 바르면 끈적끈적해져서 종이접기할 때 손자국 때문에 난감했던 기억이 난다.

그런데 신문에 이 회사의 한방입욕제 광고가 눈에 띄었다. 이 회사 상품으로는 핸드크림밖에 몰랐기 때문에 관심 있게 보았다. 타르계 색소나 합성 향료를 사용하지 않았다니 괜찮은 제품인 것 같아 회사 홈페이지를 찾아보았다.

자료에 따르면 이 회사는 창업 당시 머릿기름을 판매하는 가게로 시작했고, 전쟁 뒤에 최초로 핸드크림이라는 명칭을 사용했다고 한다. 요즘은 외국 제품도 많고 핸드크림의 종류도 다양하지만 코로나 때문에 알코올 소독을 자주 하다 보니 손이 거칠어져서 고민인 사람이 많은 것 같다. 이 회사 핸드크림의 기본 성분은 바셀린인데 이 크림을 오랫동안 애용하는 사람이 있다는 사실에 기뻤다.

홈페이지에 온라인 숍이 있어서 천천히 구경했다. 핸드크림에 관심은 있었지만 선물 받은 것도 있고 사두고 개봉하지 않은 것도 있어서 다음에 구입하기로 하고, 대신 한방입욕제를 사보았다. 노송나무 잎, 멘솔, 생강, 실크의 네 종류가 두 포씩 들어있는 샘플 한 상자와 내가 특히 좋아하는 멘솔 본 제품 한 상자를 주문했다.

샘플 네 종류는 모두 아무 트러블 없이 기분 좋게 사용했다. 향도 강하지 않고 은은해서 좋았다. 본 제품은 750g이나 들어

있어서 좀처럼 줄어들지 않지만 다 쓰고 나면 또 구매할 생각이다. 이 한방입욕제도 신문 광고를 보지 않았다면 모르고 지나갔을 게 틀림없다.

신문 구독으로 인해 불편한 점이 뭐가 있을까 생각해보았다. 굳이 있다면 아침저녁으로 아파트 1층의 공동우편함으로 신문을 가지러 가야 하는 것 정도인데, 그런 귀찮음보다는 새로운 정보를 얻을 수 있다는 즐거움이 더 크다. 다 읽은 신문은 종이 재활용품 버리는 날에 내놓으면 무게에 따라 화장지를 받을 수도 있다. 필요 없는 책이나 물건을 박스에 넣어 자선단체에 보낼 때 택배 박스의 빈 곳을 메우는 완충재로 쓸 수도 있다. 옛날에는 신문지로 유리창을 닦으면 더 깨끗이 닦인다고 해서 유리창 닦을 때 사용하기도 했다. 읽을 때도 도움이 되고 다 읽고 난 뒤에도 이렇게 활용도가 높다. 이번에 계약이 만료되면 연장할 예정이고 앞으로도 계속 구독하려고 한다. 독거노인의 집 우편함에 쌓여있는 신문을 보고 사고가 난 걸 알게 되었다는 기사를 본 적 있다. 역시 신문은 상당히 쓸모 있는 것 같아 만족스럽다.

14

유튜브로 세상을 바라보다

2020년 도쿄 올림픽 개회식 때 출연 예정이던 한 뚱뚱한 여성 개그맨에게 돼지 분장을 시킬 계획이었다는 사실이 밝혀지면서 여성의 용모에 대한 모욕이라고 관계자들이 비난을 받았던 적이 있었다. 그런데 뒤이어 올림픽 조직위원회 위원장이 "이사회에 여자가 많으면 회의가 길어진다"는 발언을 해서 여성차별 문제가 다시 불거졌다.

올림픽 관련 사건, 사고는 이뿐만이 아니었다. 이 원고를 쓰고 있는 지금도 한 주간지에는 개회식 관련자들 중 능력 있는 사람들이 해고당했다는 기사가 실리는 등 올림픽 개회식의 어두운 면들이 보도되었다. 한술 더 떠 올림픽 조직위원회가 이 소식을 보도한 주간지를 회수하도록 지시했다는 등 혼란스러운 상황이 계속되었다. 코로나 팬데믹은 끝날 기미가 보이지 않고 올림픽은 앞으로 3개월밖에 남지 않은 시점에서 이런 꼴이라니, 선수들에게는 정말 안타까운 일이지만 올림픽은 중지하는 게 낫겠다는 생각이 들었다.

여성차별 문제만 해도 내가 젊었던 40년 전과 달라진 게 하나도 없다. 그 당시에는 여성이 학교 졸업 후 잠시 머물다 가는 곳이 아니라 평생직장으로 일을 계속하기에는 사회적 여건이 갖춰지지 않아 결혼이나 출산 등에서 뭔가를 희생해야 했다. 1986년에 '남녀고용기회균등법'이 시행되긴 했으나 정부의 보여주기식 행정이어서 실속은 없었고 다소 의심스러운 게 사실이었다. 그래도 여성들에게 취업 문이 확대되는 계기는 되었다.

2015년경부터는 여대생의 취업률이 높아지면서 사회적인 인식도 많이 달라지지 않았을까 기대했지만 계속되는 불황과 여전히 확산 중인 코로나 19의 영향으로 여성의 실업률과 빈곤 문제는 더욱 심각해지고 있다. 자살률도 높아지고 있다고 들었다. 생리용품조차 사지 못하는 여성이 있다는 이야기를 들으면 한숨밖에 나오지 않는다.

나는 남들에게는 보이지 않는 부분, 예를 들어 식사나 건강, 위생에 관한 지출을 우선시하는 편이다. 그래서 '옷을 살 돈이 있다면 차라리 그걸 생활비로 쓰면 되지 않을까'라고 생각했는데 그런 차원의 문제가 아니었다. 기본적인 생활비조차 없는 여성이 있다는 것이다. 실생활에서 AI가 사용되고 가까운 미래에 화성에서 살 수 있다는 말이 나오는 이 시대에, 생활필수품조차 살 수 없는 여성들이 있다는 건 심각한 문제다. 해외에서는 생리용품을 무료로 배포하고 있는 나라도 있고 일본 내에서도 어느 지자체에서는 이미 무료 배포를 시작한 곳도 있다고 한다. 그런 곳에 살지 않는 학생들에게는 학교 보건실 같은 곳에서 무료로 나눠주는 것도 한 가지 방법이다. 그런 일에 내가 낸 세금이 쓰이는 건 얼마든지 좋다. 정부에서 반드시 시행했으면 좋겠다.

간혹 불미스러운 일을 일으키거나 국회에서 졸고 핸드폰을 보며 딴짓하는 사람들에게 나의 소중한 세금이 사용되고 있다는 생각을 하면, "내 소중한 세금, 돌려줘"라고 호통을 치고 싶기도 하다. 국회의원의 연봉이 2천만 엔 가까이 된다고 하는데 그동안 내가 각종 언론 보도에서 본 것만 해도 회의 중 졸거나 책을 보거나 핸드폰을 보던 세금 도둑들이 열 명은 있었으니 낭비되는 세금은 그것만으로도 약 2억 엔이나 된다. 그것 말고도 여기저기서 세금을 도둑질하는 의원들이 더 있을 텐데 그런 사람들은 이제 그만 자리에서 내려와 그들의 급여만큼이라도 예산을 절감했으면 좋겠다. 애당초 국회의원의 수가 너무 많고 급여도 너무 많다. 무엇보다 우리가 낸 세금이 꼭 필요한 곳에 쓰이지 않는 게 가장 큰 문제다.

요즘 시대에는 개인이 SNS로 널리 알릴 수 있기 때문에 좋은 일이든 나쁜 일이든 표면화된다. 여성 전용 차량을 남성에 대한 역차별이라고 호소하는 사람들도 있고, 아직까지도 여성차별적 발언을 일삼는 사람들도 많다. 옛날에는 속으로만 생각하고 입 밖으로 내지 못했던 말을 지금은 자신의 얼굴을 숨긴 채 익명으로 하기도 한다. 그런 사람들의 발언을 접할 때면 아무리 여성들이 활발히 사회에 진출하고, 도쿄 올림픽이나 장애인올림픽 조직위원회에 여성의 비율을 늘려 머릿수를 맞춘다고 해도 뿌리 깊은 성차별 문제는 변하지 않았음을 알 수 있다. 사람들의 의식이 변해야 한다. 손익 계산만 하며 이득을 보려고 하는 사람들이 줄어들지 않는 이상 이 세상은 변하지 않는다.

이런 생각을 하고 있는데 라디오에서 아도의 노래 '시끄러'와 아베 마오의 노래 '네가 바라는 내 모습은 모두 부숴버려 줄게'가 들려와 머릿속에서 뱅뱅 맴돌았다. 분노의 주먹 한 방을 맞은 듯한 느낌이었다. 만약 내가 젊었을 때 이 곡을 들었다면 매일 부르고 다녔을 것이다. 당시 나를 짜증 나게 했던 사람들 모두를 향해 해주고 싶은 말들이 가득했다. 라디오에서는 두

곡 다 끝까지 들려주지 않아서 유튜브로 검색을 했다.

하도 이 ‘시끄러’라는 노래가 유행한 탓에 부모가 야단을 치면 자녀들이 이 노래를 부르며 부모의 훈계를 무시한다고 해서 싫어하는 부모들이 많다고 한다. 그런 부모들은 정작 자신의 부모에게 한 번도 “잔소리 좀 그만하세요”라고 외치고 싶었던 적이 없었을까? 난 나이를 먹었지만 이 두 곡은 가끔 부르고 싶다.

나는 처음에 유튜브는 음악 관련 동영상 말고는 거의 보지 않았다. 그러다가 내가 매일 즐겨 찾는 고양이 인스타그램이나 트위터 하는 사람들이 유튜브에도 영상을 올린다고 해서 그걸 찾아보다 보니 동물을 시작으로 다른 장르의 동영상으로 관심 분야가 넓어졌다.

서점에서 오쿠다이라 신지의 〈오쿠다이라 베이스〉라는 책을 샀는데 유튜브상에서 굉장히 인기가 많은 사람이었다. 혼자 사는 젊은 남자인데 집에서 뭐든지 뚝딱뚝딱 만들어낸다. 부모님과 같이 살 때는 집안일을 하나도 하지 않았다는데 독립해서 혼자 살게 되니 이렇게 변하는구나 싶어 감탄하며 읽었다. 유튜브도 보았는데 솔직하고 꾸밈이 없는 자연스러운 모습에 호감이 갔다.

이 동영상 옆에 있던 많은 추천 영상 중, 85세 할머니가 주택에서 생활하는 모습을 15살 손자에게 소개하는 'Earth 할머니 채널'이라는 영상이 있었다. 마치 나의 미래 모습 같다는 생각이 들어 흥미진진하게 보았다. 요즘은 코로나 19의 확산으로 손자가 할머니 댁에 못 온다고 하는데 그동안 촬영해둔 영상만 봐도 재미있다. 할머니는 점잖고 센스가 있는 데다 그림도 잘 그리고 자수나 뜨개질 같은 것도 잘한다. 직접 요리를 하고 혼자 살지만 대충 생활하지 않는다. 지금까지 살아온 인생을 엿볼 수 있는 멋진 사람이다. 무엇보다 15살 손자가 참 착하다. 할머니의 모습을 보며 나도 이분처럼 85세가 되어도 내 일은 나 스스로 하면서 건강하고 즐겁게 살 수 있으면 좋겠다는 생각을 했다.

유튜브가 뭔지 모르던 시절에는 막연하게 주목받기 좋아하는 사람들이 자기 영상을 올리는 곳이라는 편견이 있었다. 하지만 지금은 무엇을 볼 것인가라는 선택이 중요할 뿐 유튜브에 대한 거부감은 사라졌다. 왜 젊은 사람들이 TV를 잘 보지 않고 넷플릭스나 유튜브를 보는지 그 이유를 알 것 같다.

고양이가 살아있을 때는 고양이가 내 하루의 모든 시간을 좌지우지했다. 일찍 잠자리에 들어도 새벽에 최소한 세 번은 나를 깨웠고 밤에는 매일 9시 반이면 얼른 자라는 신호를 보냈다. 고양이가 떠나고 나서부터는 원하는 시간에 잘 수 있게 되어 요즘에는 내 페이스대로 살고 있다.

어떤 책에서 이런 글을 읽었다. 밤에 목욕 후 바로 잠자리에 들면 체온이 높아진 상태라 숙면을 취할 수 없기 때문에 목욕하고 조금 있다가 자는 게 좋다는 내용이었다. 이 글을 읽고 난 다음부터는 목욕 후에 소파에 좀 앉아 있다가 자려고 했는데, 책을 읽다 보면 중간에 멈출 수 없어서 TV를 보곤 했다.

하루는 목욕 후 게임 방송을 보았다. '슈퍼 마작 대회'라든가 '마더 2' 같은 슈퍼 패미컴 게임은 나도 해본 적이 있다. 그 후 플레이스테이션을 사서 '스트리트 파이터 II'를 한 기억이 난다. 별로 재미가 없어서 친구한테 빌려주었더니 친구가 몇 달 뒤 다른 아이에게 줘서 내가 사용한 기간은 한 달 정도밖에 안 된다. 나도 '마더 2'를 매일 밤 늦은 시간까지 해본 경험이 있어서 게임에 빠져드는 사람들을 비난할 수는 없지만, 그래도 지나치게 빠져드는 건 좋지 않다고 생각했다.

요즘은 어떤 게임이 유행하고 있을까 하며 가벼운 마음으로 방송을 보았는데 소개된 게임은 '모모타로 전철'이었다. 일본 전체가 노선도처럼 되어있는 이 게임이 굉장히 인기가 많다는 것은 알고 있었다. 초등학생 때 이 게임으로 일본 지도와 도시 이름을 외웠다는 사람들도 있다고 한다. 자세한 규칙이나 내용은 전혀 몰라 도대체 어떤 게임인지 궁금했다. 직접 해봤더니 무척 재미있었다. 남들이 하는 게임을 보고 있기만 해도 너무 재미있었다. 각 지역의 특산품이나 캐릭터들이 역 주변에 모여있는 것도 아주 귀여웠다. 인기가 많은 게 당연하다는 생각을 하며 몰입해서 시청했다.

기본은 간단한 보드게임이지만 여기저기 함정이 숨어 있다. 올해 설날에 라디오를 듣다가 "손자와 모모타로 전철 게임을 하며 놀았는데 가난의 신이 나타나자 손자가 펑펑 울어서 게임을 못하게 됐다"는 사연을 들었다. 그때 나는 막연히 '뭔지는 잘 모르겠지만 꽤 충격을 받았나 보네'라고 생각했다. 그런데 이 방송을 통해 처음으로 가난의 신이 어떤 존재인지 알게 되어 '이게 나오면 진짜 아이들이 대성통곡하겠는걸' 하고 웃었다. 그러면서 끝까지 보고야 말았다.

TV에서는 방송 시간에 제한이 있기 때문에 그에 맞게 편집되지만 유튜브에서는 편집되지 않은 내용도 볼 수 있다고 해서 다음 날 바로 찾아보았다. 저작권 문제 때문인지 TV와 같은 화면이 아니라 게임화면과 출연자의 음성만 나왔는데 그래도 재미있었다. 전 일본 축구 대표선수가 게이머로 참가한 'FIFA 21' 시리즈도 박장대소하며 보았다. 출연자 캐릭터도 좋았고, 이 방송을 목욕한 후에 매주 보는 게 하나의 즐거움이 되었다.

그러나 중년 정도의 나이가 되면 '모모타로 전철' 같은 느긋한 게임이나 축구, 골프 같은 게임은 따라갈 수 있지만, '포트나이트' 정도 되면 전개 속도가 너무 빨라서 따라갈 수가 없다. 만약 내가 참가한다 해도 3초 만에 당할 게 분명하다. TV에서 볼 때는 게임에 참가 중인 출연자가 "적이 나타났다!"고 소리쳐도 도대체 어디에 적이 있다는 건지 도통 알 수가 없었다. 유심히 들여다보니 반투명한 작은 것들이 멀리서 여기저기 움직이는 게 보였다. 가만히 보고만 있으면 무조건 당할 것이다. 적인 줄 알았는데 아군이었던 적도 있다. 직접 게임을 하지 않고 이렇게 TV로 보기만 해도 충분히 재미있었다. 체력이 된다면 몇 번이고 계속 게임을 하게 될 것 같다.

유튜브를 보다 보면 한 시간, 두 시간이 금방 지나가 버린다. 동물이나 음악은 그나마 괜찮은데 게임 동영상은 눈이 피곤하다. 유튜브에는 다양하고 재미있는 동영상이 많이 있다는 걸 충분히 알았으니 앞으로는 눈 건강도 신경 쓰면서 조금씩 새로운 분야를 개척해나가고 싶다.

15

기모노를 꺼내 펼쳐보다

코로나 19의 확산은 지금도 여러 업종에 영향을 끼치고 있다. 그중에서도 요식업 계통이 많은 타격을 받았다. 정부지원금이 늦을 때도 많고 신청한 금액 중 일부만 입금된 업소도 있다고 한다. 음식점의 상황이 이렇기 때문에 음식점에 식재료를 납품하는 업체도 큰 타격을 입었을 것이다. 가게 문을 닫아라, 영업시간을 조정해라, 술은 팔지 말아라 등 이렇게 제재를 가한다면 국가가 그에 걸맞은 보상을 해주는 것이 당연한데 그것마저도 늦게 주니 화가 날 수밖에 없을 것이다. 국가와 지자체의 늑장 대응은 이해할 수가 없다.

이런 가운데 상인들도 제각기 살길을 찾고 있는 듯하다. 아침에 일어나 TV를 켜보니 외출 자제 기간 중에 조금이라도 매상을 올리기 위해 리어카를 끌고 나가 장사를 시작했다는 음식점 이야기가 뉴스에 나왔다. 물론 보건소 등의 허가는 정식으로 취득했다고 한다. 처음에는 푸드트럭을 생각했지만 초기 투자 비용이 3백만 엔이나 들어서 리어카로 바꾸었다고도 했다. 참고로 그 리어카는 직원이 직접 만든 것으로 100엔 숍과 DIY 자재상 등에서 재료를 구입해서 3만 엔밖에 들지 않았다고 한다.

뉴스를 보며 '옛날에는 리어카로 물건 파는 사람들이 참 많았지'라는 생각에 옛날이 그리워졌다.

1960년대 도쿄에는 일주일에 한두 번씩 리어카를 끌고 와 바지락, 재첩 등을 파는 아저씨가 있었다. 이따금 엄마 심부름으로 가서 아저씨한테 냄비를 건네면 아저씨는 조개를 담으면서 "꼬마 아가씨는 몇 살이니?", "급식은 뭘 좋아해?", "뭐하면서 놀아?"라고 묻곤 했다. 말이 많은 분은 아니었지만 초등학교 저학년 여자아이가 심부름 나온 게 기특해서 말을 걸어줬던 것 같다. 나도 기어들어가는 목소리로 아저씨랑 대화했던 게 생각이 난다. 그 밖에 커다란 짐보따리에 신선한 채소와 절임 반찬, 수제 간식 등을 싸가지고 와서 장사를 하는 아주머니도 있었다. 그 후 이곳저곳에 슈퍼마켓이 생겨나기 시작하면서부터 그들의 모습은 보이지 않았다.

리어카 장사를 시작했다는 그 가게는 옛날과 똑같이 리어카로 물건을 팔지만 옛날과는 달리 SNS로 "오늘은 이 근처를 돌겠습니다"라고 메시지를 남긴다고 한다. 그러면 "이쪽 동네에는 몇 시쯤 오나요?", "꼭 사고 싶으니 들러주세요"라는 연락이 오고, 메시지를 보면서 10km 정도 거리를 이동한다고 한다. 무작정 돌아다니는 것보다는 SNS를 활용해 고객과 정보를 주고받을 수 있다면 고객 입장에서도 편하고 장사에도 훨씬 유리할 것 같다. 그동안 리어카로 물건 파는 사람들이 뜨내기로 보여서 구매를 망설였는데, SNS 등으로 매장을 확인할 수 있어 안심하고 이용할 수 있을 것 같다.

뉴스에서 리어카 장사를 하던 사람들은 남녀 불문하고 모두 튼튼하고 젊은 사람들이었다. 그들은 손님과 같은 시선에서 대화하고 판매하는 게 즐겁다고 했다. 손님이 올 수 없다면 직접 나가 행인들의 흥미를 끄는 방법이 참 신선한 것 같았다. 코로나 19의 확산은 전혀 달갑지 않지만 이를 계기로 앞으로 장사의 형태가 크게 달라질 것 같은 예감이 들었다.

마스크 품귀현상이 일어났을 때, 사람들은 서로 자신만의 마스크 만들기 노하우를 공유했다. 그때처럼 마이너스 상황을 플러스로 바꾸기 위해 서로 머리를 맞대어 지혜를 짜내고, 평소 교류가 없던 사람들끼리 협력하면서 어려운 시기를 헤쳐나

가려는 모습을 보니 마음이 든든했다. 평소 편지를 쓰지 않았는데, 서로 만나지 못하면서 채팅을 하거나 온라인으로 소통하는 게 너무 즐겁다는 사람도 있다.

자신의 생활에 수고로움을 더한다거나, 조금 귀찮아도 스스로 움직여 본다거나, 어려운 사람이 있으면 주변에서 도움을 준다거나 하는 식으로 옛사람들의 좋은 관습들이 조금씩이나마 되살아나는 것도 반가운 일이다. 요즘 세상 돌아가는 모습을 보면 우울해지곤 했는데 그 안에서 자신이 할 수 있는 것을 찾아 자기만의 방식으로 즐긴다면 어떤 상황에서도 밝게 살아갈 수 있을 것이다.

나는 원래 집에서 일하는 직업이라 코로나로 인한 생활의 변화는 딱히 없다. 그래서 인터뷰를 할 때마다 생활의 변화에 대해 질문하면 늘 같은 대답을 했다.

"예전과 거의 다르지 않아요"

그런데 가만히 생각해보니 달라진 게 있었다. 한 달, 혹은 두 달에 한 번씩 기모노를 입고 점심 식사를 하는 사적 모임이 있었는데 코로나 이후 한 번도 모인 적이 없다. 인터뷰 때문에 딱 한 번 여름용 기모노를 입은 적은 있지만, 그 후 12개월 동안 외출할 때 기모노를 입은 적이 없다. 물론 기모노는 집에서도 가끔 입기 때문에 입을 기회는 그럭저럭 있었지만 기모노를 입고 점심 모임을 하는 멤버들과는 지난 17개월 동안 단 한 번도 만나지 못했다.

집에 있을 때 입는 기모노는 세탁기에 돌려도 되는 손질이 편한 면 소재인데, 띠도 반 폭 띠로 간단하게 묶는다. 그것도 귀찮을 때는 끈으로만 묶어서 겉옷으로 가리는 등 최대한 절차를 생략한다. 사실 이것은 옛날 허드렛일을 하던 사람들이 입던 기모노 차림이다.

그러나 외출할 때는 집에서 입을 때보다 제대로 갖춰 입어야 한다. 외출할 때 기모노를 입으면 마음가짐이 달라진다. 요즘 옷으로 비유하자면, 집에서 입는 간편 생활복과 외출할 때 입는 정장이 주는 마음가짐의 차이라고 하면 이해하기 쉬울 것이다.

기모노가 주는 이러한 긴장감이 집에서 일하는 특성상 변화가 없는 내 생활 속에서 마음을 다잡는 좋은 자극제가 된다. 고양이가 살아있을 때는 고양이의 시선이 왠지 나태한 나를 꾸짖는 것 같아 좋은 자극제가 되었지만, 이제는 고양이마저 없으니 나 스스로 관리하지 않으면 마음이 느슨해질 것 같다. 가끔은 외출복으로 기모노가 입고 싶을 때가 있다. 물론 집에서 입으면 되지만 지금은 이사 준비로 매일 불필요한 물건들을 정리하고 있는 중이라 이런 상태에서 외출용 기모노를 꺼내 입는다는 건 선뜻 내키지 않는다.

그러던 중에 지인의 인스타그램을 보고 역시 기모노는 참 좋다는 생각이 들어 괜스레 입고 싶어졌다. 예전에는 시간이 날 때면 기모노용 속옷을 꿰매거나 소매 부분을 교체하는 일은 직접 했는데 요즘에는 일에 쫓기기도 하고, 물건 정리에 시간을 빼앗겨 그럴 여유가 없다. 여전히 집에 있고 집에서 음식을 해 먹는 것도 변함없지만 생활의 윤택함이 사라졌다. 그나마 엄마와 고양이가 떠난 뒤 하루도 빠짐없이 꽃 장식을 하는 게 고작이다. 확실히 삶의 윤택함이 부족한 건 분명하다.

리어카 장사에 관한 뉴스를 본 그날 아침, 초심으로 돌아가고 싶은 마음에 다른 일을 하려던 일정을 바꾸어 '오늘은 기모노를 위해 하루를 쓰자!'라고 결심했다. 아침 식사 후 오동나무 장롱 서랍에서 기모노를 꺼냈다. 다가올 계절을 생각하면 얇은 옷을 입어야 한다. 첫 번째 서랍을 여니 아주 얇은 여름용 고급 기모노가 나왔다. 서랍을 열기만 하면 탄성이 절로 나온다. 여름에 입는 기모노의 저 얇고 가벼운 천이 너무나 좋다.

'아, 너무 좋다. 언제 입지? 띠는 뭘로 할까?' 하고 들떠 있다가 서랍에 다시 넣었다.

다음 서랍에는 얇은 기모노에 겹쳐 입는 짧은 겉옷이 들어 있었다. 얇은 기모노를 입을 때 겉에 받쳐 입는 얇은 옷이다. 입으면 기모노가 비쳐서 보이는데 그것 또한 아름답다. 나는 지나치게 비치는 옷은 좋아하지 않지만 그래도 천이 은은하게 비치는 건 운치 있고 아름답다고 생각한다.

그걸 보고 또 혼자 슬쩍 웃음 지으며 접어서 포장지에 넣고 서랍을 닫았다. 기모노에 익숙하지 않은 사람은 "왜 일일이 귀찮게 접어서 넣어두는 거지? 그냥 옷걸이에 걸어두면 안 돼?"라고 묻곤 한다.

그런 수고스러움에 대한 감탄인지 어이없다는 것인지 알 수 없는 말에 흠칫 놀라기도 하지만, 나는 기모노가 좋아서 그런지 힘들다는 생각이 들지 않는다. 요리보다도 좋다. 요리는 대신 만들어줄 사람이 없어서 직접 해 먹지 않으면 안 되기 때문에 어쩔 수 없이 하는 것이다. 기모노의 경우는 관심 없는 사람이라면 평생 입지 않아도 되는 옷이고, 단 한 벌도 갖고 있지 않아도 생활에 아무런 불편함이 없는 옷이겠지만 나에게는 기모노가 세상에서 가장 좋다.

기모노도 입는 사람에 따라 취향이 다르다. 그래서 고급스러운 기모노 말고 간편하게 입을 수 있도록 세탁기에 넣어도 되는 합성섬유나 면으로 된 기모노만 입는 사람도 있다. 그것도 나름대로 괜찮다. 내가 젊었을 때는 일반 세탁이 가능한 기모노는 값싼 것밖에 없었지만 요즘은 질이 아주 좋아져서 편리하게 막 입는 기모노를 선택할 수도 있다. 하지만 나는 체질상 정전기가 잘 일어나는 편이라 되도록이면 정전기가 일어나지 않는 천연소재를 입는다.

서랍에서 한 장씩 포장지를 꺼내어 안의 기모노를 살펴보고는 만족스러운 미소를 지으며 다시 서랍 안에 넣는다. 기모노의 입장에서는 마음속으로만 기모노의 아름다움을 칭찬하는 나에게 '칭찬만 하지 말고 입으세요'라고 말하고 싶어질 것 같다. 나도 빨리 외출용 기모노를 입고 나가고 싶지만 아직은 어려울 것 같다.

일단은 오동나무 장롱의 서랍 두 개를 모두 열어 기모노를 확인하고 나니 기분이 좋아져서 인스타그램을 하는 지인의 유튜브를 보았다. 그걸 보고 삼베로 된 여름용 기모노를 표백할 때 바닷물에 담근다는 사실을 처음 알았다. 니가타현에서 생산되는 삼베는 눈 위에 펼쳐놓는다는 사실을 알고 있었는데 바닷물에 담그는 방법이 있는 줄은 몰랐다. 깨끗한 바다가 있는 지역에서는 바닷물을 사용하고 눈이 많이 내리는 지역에서는 눈을 사용하는 것이었다. 교토나 도쿄에서는 흐르는 강물을 이용해서 염색을 한다. 지금도 이벤트로 이 작업을 재현하기도 한다. 각 지역의 특성을 살려 저마다의 방식으로 원단을 생산하고 있는 것이다.

이런 방식으로 만들다 보면 아무래도 대량생산은 불가능하겠지만, 만드는 사람의 정성이 필요로 하는 사람들에게 전해져서 더욱 사랑을 받게 되는 것 아닐까.

일주일에 한 번씩 지하철을 탈 때마다 기모노를 입은 사람을 본 적이 있는데 기모노를 입고 마스크를 써도 전혀 이상하지 않았다. 지금은 일하는 틈틈이 조금씩 짐을 정리하고 있어서 기모노를 입을 기회가 없지만, 이사하고 나서 예전처럼 느긋하게 집에서도 입고 외출할 때도 입을 생각이다. 그것이 코로나 19의 확산 속에서 내가 누릴 수 있는 생활의 윤택함이자 삶의 즐거움이 아닐까 싶다.

16

요리책 읽기에 빠지다

예전에는 요리에 재능이 없는 걸 감추려고 요리책을 닥치는 대로 사 모으곤 했다. 그러다 지금은 마음을 내려놓고 '정체불명의 음식이면 뭐 어때' 하며 최근 몇 년간 밥과 건더기가 넉넉한 국물 요리와 조림, 찜 등으로 매 끼니를 해결하고 있다.

요리책 사재기는 그만하려고 하지만 손으로 만드는 건 그것이 무엇이든 관심이 간다. 그래서 재미있어 보이는 책이 있으면 나도 모르게 또 사고 만다. 예전에는 요리책에 나온 요리를 그대로 따라 하다가 실패하고 자포자기하기를 반복했지만, 나만의 요리가 확립된 지금은 요리책을 하나의 읽을거리로 즐기고 있다.

최근 읽은 책 중에 〈노스탤지어 식당〉이라는 것이 있다. 부제 그대로 '동유럽 사회주의 국가의 레시피 63'이 나온다. 사회주의 국가라고 하면 일 때문에 중국밖에 가본 적이 없다. 중국 음식은 일본에서도 익숙했기 때문에 안심했는데, 도심에서 많이 떨어진 지역에서 먹은 음식은 상상을 초월하는 수준이었다. 현재 그곳은 관광지화되어서 레저활동을 즐길 수도 있다고 하는데 우리가 갔을 당시에는 아무것도 없었다. 둘러보면 산과 나무, 작은 돼지 축사 정도밖에 없었다. 당연히 외부에서 일부러 그곳을 찾아가는 사람도 없으니 기념품점도 없었고, 가게라고 해야 골목을 사이에 두고 작은 식당이 몇 군데 있을 뿐이었다.

열차 시간이 정해져 있어서 붐비는 곳은 포기하고 되도록 손님이 적은 식당에 들어갔는데 태어나서 한 번도 본 적 없는 음식들이 나왔다. 유통 상황도 좋지 않으니 다양한 식재료를 조달할 수 없어서 현지 식재료로 조리할 수밖에 없었을 것이다. 가장 인상적이었던 음식은 '동백잎볶음'이었다. 어렸을 때 마당에 동백나무가 있었는데 설마 내가 그 잎사귀 요리를 먹게 될 줄은 상상도 못 했다.

동백잎을 만져본 사람이라면 알겠지만 두껍고 단단하다. 그걸 아무리 불로 볶아도 여전히 딱딱하다. 아무리 씹어도 쉽게 잘리지 않아 계속 입 안에 남아있는 게 마치 끈적이지 않는 껌 같은 식감이었다. 게다가 양념이 전혀 되어있지 않았고 볶음 기름 맛조차 나지 않았다. 그저 아무 맛도 안 나는 단단한 나뭇잎을 질겅질겅 씹고 있는 느낌이라서 먹는 즐거움도 없었다. 처음에 맛있을 것 같다며 기대하던 내가 실망한 기색을 보이자 함께 동행한 편집자는 "이런 볶음요리는 맛이 없어도 국물 요리는 괜찮을 거예요"라고 속삭였다. 그러나 이어서 나온 음식도 정체를 알 수 없는, 마치 뒷마당 아무 데서나 자랄 법한 풀이 국물 위에 둥둥 떠다니는 것 같았다. 그래도 한 가닥 기대를 걸어보았으나 이 음식 또한 요리 못 하는 내가 만들어도 이보다는 훨씬 나을 법한 맛이었다.

우리 일행 모두는 이 가게에선 더 이상 기대할 수 없을 것 같아 점심은 포기하고 먹는 즐거움은 저녁으로 미뤄야겠다고 생각했다. 그때 가장 어린 남자 편집자가 고기 요리가 먹고 싶다며 만두를 주문하려고 했다. 여기서는 맛있는 걸 먹기 힘들다고 판단해 모두 자포자기한 상태였던 터라 선배인 여성 편집자가 어이없다는 듯 말했다.

"그럼 좋아하는 만두를 골라봐"

남자 편집자는 점원을 불러 주문을 했고, 우리는 차만 마시고 있었다. 중국은 차가 맛있기로 유명한데 그 가게는 차조차 맛없다는 사실이 슬펐다.

잠시 후 만두가 나오자 그는 너무나 기뻐했다. 보기에도 맛있어 보였기 때문에 우리도 '만두는 어쩌면 맛있을지 몰라' 하며 마지막 기대를 걸고 먹어보았다. 그런데 웬걸, 너무 심한 냄새가 나서 깜짝 놀라 간신히 삼켰다. 여성 편집자도 "욱"이라는 묘한 소리를 내며 입 안에 있는 만두를 차와 함께 꿀꺽 삼켰다.

"음식이 다 맛없는데 이거라고 맛이 있겠어? 너 도대체 무슨 만두를 시킨 거야?"

그녀가 화가 나서 정색을 하고 말했다.

"만두는 괜찮을 줄 알았어요…"

"도대체 이게 무슨 고기야?"

"양고기예요"

"양고기라고? 왜 돼지를 안 시켰어. 돼지고기가 있잖아. 왜 양고기냐고! 양고기는 밑작업 잘못하면 잡내가 엄청 심하다고. 만두는 역시 돼지고기지."

그녀는 몹시 화가 나 있었다.

"그치만… 양고기가 너무 먹어보고 싶었어요…"

"잘 들어, 맛집에서 새로운 음식에 도전하는 건 좋아. 하지만 다른 곳도 아니고 이 가게라고. 이 가게에서 모험을 하다니 그게 말이 되니?"

언쟁이 시작되었길래 그들이 진정할 때까지 주위를 둘러보았는데 다른 손님들도 대부분 음식을 남긴 게 보였다.

"다 남긴 걸 보니 현지인도 맛있어하진 않는 거 같네. 괜찮아"

옥신각신하는 사이 출발시간이 다 돼서 우리는 그렇게 그 식당을 나왔다.

그곳 말고도 내 인생에서 도저히 한 입 이상은 먹을 수 없었던 음식이 더 있기는 하다. 예를 들어 태국에서 먹은, 혹시 이거 썩은 게 아닐까 의심스러웠던 똠얌꿍이나, 간사이에서 먹은 아무 맛도 나지 않던 냄비 요리가 그렇다. 하지만 역시 중국에서 먹은 그 요리가 최강이었다. 아무리 음식이 맛있다고 소문난 나라라 할지라도 모든 음식점들이 다 맛있는 건 아니며, 음식점에 따라 그렇지 않을 수 있다는 지극히 당연한 사실을 절실히 깨달았다.

이 책에 소개된 동유럽 국가는 라트비아, 구동독, 러시아, 헝가리, 리투아니아, 폴란드, 슬로바키아, 불가리아, 마케도니아 등이었는데 그 나라들에게 미안하지만 나라 이름만 봐서는 러시아의 보르시 외에는 딱히 떠오르는 음식이 없었다.

이 책에 실린 음식들은 처음 보는 것들이 대부분이었으나 만드는 방법이 모두 간단하고 맛있어 보였다. 서민들이 먹는 음식이라 그런지 손쉽게 만들 수 있을 것 같았다. 다만 서양 요리다 보니 우유나 버터 같은 유제품을 많이 사용했다. 유제품을 잘 먹지 않는 나로서는 응용이 필요했지만 음식의 색깔이 너무 예뻐서 만들어보고 싶어졌다. 어릴 때부터 자주 봐왔고 지금도 계속 만들고 있는 요리는 대부분 갈색 계열이다. 된장도 대부분 갈색이고 낫토도 갈색이고 김은 검은색이다. 그것 말고 녹색은 채소, 빨간색은 당근이나 토마토, 노란색은 달걀 정도라서 내 요리의 색깔은 그리 다양하지 않은 편이다.

그에 비해 리투아니아 등에서 먹는 차가운 수프는 비트에 사워크림을 넣어 정말 예쁜 핑크색을 띠고 있었다. 접시 한가운데에는 반으로 자른 삶은 달걀이 올려져 있어서 핑크, 노랑, 흰색이 어우러진 사랑스러운 요리였다.

일본 요리 중에 디저트 말고 핑크색을 띠는 음식이 뭐가 있을지 생각해보니, 분홍색의 고명 사쿠라덴부가 있었다. 그걸 보면 너무 예뻐서 가슴이 설렌다. 햄이나 비엔나소시지의 색깔도 보면 기분이 좋아지지만 식용 색소나 발색제가 사용된 거라 천연식품과는 다르다. 명란젓도 착색제를 사용하지 않은 건 색이 칙칙해지기 쉽다. 만약 어릴 때부터 리투아니아식 수프처럼 예쁜 핑크색 음식이 식탁 위에 올라온 걸 보고 자란다면 색채 감각도 달라지지 않을까 하는 생각이 들었다.

동유럽 요리에서 특징적인 것은 생채소는 거의 없고 곁들이로 삶은 감자나 당근, 완두콩이 주로 쓰인다. 저장 음식으로 사워크라우트(양배추를 싱겁게 절여서 발효시킨 독일식 김치)가 가장 흔히 식탁에 오르는 채소 요리였다. 음식에 유제품이나 감자, 콩을 많이 사용하고 지금까지도 가장 즐겨 먹는 것도 현지인들의 체질에 맞고 손쉽게 구할 수 있는 재료들이기 때문이어서인 것 같았다.

책에 소개된 요리 중 가장 손이 많이 가는 요리는 다진 감자 경단이었다. 준비한 감자의 반은 삶아서 으깨고 나머지 반은 갈아서 물기를 짜낸 뒤 으깬 감자와 섞어서 반죽한다. 그 안에 다져서 볶은 고기 등을 넣어 둥글게 빚어서 삶고, 베이컨과 유제품으로 만든 소스를 곁들이면 완성된다. 이렇게 복잡하게 만들지 않고 손이 좀 덜 가게 만들 수 있을 것 같다는 생각이 들었는데, 다시 보니 동그랗게 빚은 경단이 포인트인 것 같았다.

또 '이 나라에 이런 요리도 있었구나' 하며 놀란 것이 러시아식 물만두다. 일본인은 만두를 좋아해서 안에 넣는 속재료 종류가 다양한데 러시아식 만두의 속재료는 양파, 마늘, 다진 고기가 전부다. 그걸 만두피에 싸서 데치는 건 일본식 물만두와 같지만, 그 위에 사워크림을 얹는다는 게 가장 큰 차이점이다. 만두는 소스에 찍어 먹거나 처음부터 속재료에 간을 해서 그냥 먹거나 둘 중 하나라고 생각했는데 위에 토핑을 얹는 방법이 있다는 것에 감탄했다.

'그렇구나! 러시아에는 사워크림이라는 선택지가 또 있었구나!'

고추기름이나 간장, 식초 대신 그 나라에서 흔한 재료를 곁들이는 게 어찌 보면 당연한 것 같다. 한번 만들어보고 싶기도 하고 아닌 것 같기도 좀 묘한 느낌이 들었다. 그밖에 샤오롱바오와 비슷한 조지아의 만둣국도 소개되었고, 중국의 토마토 달걀볶음과 비슷한 요리가 구동독 음식으로 실려있었다.

이 요리들 중 내가 가장 흥미롭게 본 것은 구동독식 스크램블이었다. 양파를 잘 볶아서 다진 돼지고기와 섞은 다음 소금, 후추, 커민과 히비스커스를 넣고 졸이기만 하면 되는 간단한 요리다. 여기에 간장을 넣으면 일본식 소보로가 되고 커민을 넣어야 구동독의 맛이 완성된다. 현지에서는 삶은 감자나 삶은 채소를 곁들여 먹는다고 한다. 이 요리는 다양하게 응용할 수 있을 것 같아서 다시 보니 '구동독의 소박한 밥'이라고 쓰여 있었다. 그러고 보면 돈이 없을 때 먹기에 가장 적합한 요리였을지도 모른다.

책에는 디저트도 소개되었다. 그중 하나가 '칼터 훈트'라는 초콜릿 케이크다. 직역하면 '차가운 개'라는 뜻이다. 코코넛오

일에 코코아를 섞어 초콜릿 시럽을 만든 다음 케이크 틀에 붓고 그 위에 비스킷을 넣는다. 이 과정을 반복하며 켜켜이 층을 쌓은 다음 냉장고에서 차갑게 식히면 완성된다.

이 책을 읽고 있자니 예전에 케이크를 만들었던 때가 떠올랐다.

디저트를 만드는 취미가 있는 건 아니지만 30대 초반에는 나도 이 정도쯤을 할 수 있을 것 같아 디저트 만들기에 도전했다. 생각보다 간단하게 아주 맛있는 초콜릿 케이크가 완성되었던 기억이 있다. 재료는 초콜릿과 우유, 그리고 마리 비스킷이었다. 마리 비스킷을 우유에 담가 부드럽게 만들고 랩을 깐 접시 위에 세워서 가지런히 놓는다. 그 위에 녹인 초콜릿(제과용이었는지 그냥 시중에서 파는 네모난 초콜릿이었는지는 잊어버렸다) 시럽을 골고루 뿌린 다음 랩으로 감싸서 냉장고에서 차갑게 식힌다. 이런 순서였는데 차갑게 굳으면 모양이 정돈되고 그걸로 끝이다. 이처럼 비스킷을 사용하면 케이크도 쉽게 만들 수 있다.

그 밖에도 마음이 가는 요리가 많았지만 유제품의 장벽이 높아서 선택할 수 있는 레시피가 한정된다는 점이 아쉬웠다. 냉동 보관도 가능하다고 하니 우선 '구동독의 소박한 밥'에 도전해볼 생각이다. 요리는 물론 식기도 너무 예뻐서 모두 다 갖고 싶은 욕심이 생긴다. 읽고 또 읽어도 재미있는 책이었다.

17

나에게 자극을 주는 노래를 듣다

TV 음악 프로그램을 볼 일이 없어서 라디오나 가끔 TV를 통해 노래를 듣는데, 요즘 히트곡은 가수들의 목소리가 남녀 상관없이 모두 높아진 것 같다. 남자 가수가 옛날 같으면 생각도 못 할 정도로 높은 키로 부르는 걸 보며, '이것도 시대의 흐름이구나' 싶어 흥미롭다는 생각이 든다.

2, 3년 전쯤 라디오 프로그램에 젊은 여가수가 게스트로 나왔다. 라디오에서 들은 그녀의 목소리가 마음에 들어 곧바로 이름을 검색해보았다. 가창력이 굉장히 뛰어났고 노래할 때의 목소리는 박력이 넘쳤는데 대화할 때의 목소리는 전혀 그렇지 않았다.

DJ가 "노래할 때와 목소리가 다르네요"라고 묻자, 정확히 기억은 안 나지만 '수많은 가수들 속에서 자신을 알리기 위해서는 개성이 있어야 했다. 그래서 노래 부를 때는 목소리를 만들고 있다'고 대답했다. 그 말을 듣고 나는 '아, 그럴 수도 있구나' 하고 놀랐다.

옛날 가수 모리 신이치나 아오에 미나는 노래할 때도 허스키했고 말할 때의 목소리도 허스키했다. 남자 신인가수 중에는 음반 기획사의 요구로 일부러 쉰 목소리를 만들었다는 사람도 있었다. 음반 기획사에서 목소리가 너무 미성이라 분위기가 없으니 쉰 목소리를 만들어야 한다고 했단다. 그래서 바다를 향해 소리를 지르거나 좋아하지도 않는 담배를 계속 피워서 억지로 목소리를 쉬게 만들고 난 뒤 비로소 데뷔할 수 있었다는 것이다. 남자라면 낮은 톤에 쉰 목소리가 인기 있을 거라고 판단한 회사의 방침 때문이었을까. 평소 대화하는 목소리와 노래할 때의 목소리가 원래부터 다른 사람도 있겠지만 여성도 개성을 표현하기 위해서는 목소리를 만드는 시대가 왔구나 하는 생각이 들었다.

나는 음악을 좋아해서 그동안 클래식을 포함해 다양한 곡을 들었는데, 요즘은 음악의 장르가 너무 많아져서 일부러 찾아서 듣거나 하지는 않고 평소 생활하면서 자연스럽게 내 귀에 들어온 음악을 듣고 있다.

내가 초등학생일 때는 엔카라는 장르가 유행했는데, 요즘은 존재감이 많이 약해졌다. 그 시절에도 엔카는 중년, 민요는 더 나이 많은 사람들이 좋아하는 노래라는 식으로 구분되었다. 옛날 엔카 가수 중에는 성악을 전공했거나 음대를 나온 사람들이 많았다. 발성도 클래식 그 자체였지만 너무 진지해서인지 재미는 없었다.

내가 초등학교 6학년 때쯤 비틀즈가 처음으로 일본에 와서 공연을 했다. 이때를 계기로 젊은이들의 음악에 대한 관심이 바뀌기 시작했다. 마침 일렉트릭 기타가 보편화되던 시기이기도 해서 그 뒤로 그룹 사운드 붐이 일어났고 나도 유행에 푹 빠졌다. 진지하게 노래하는 기성 가수로는 도저히 채워지지 않던 젊은이들의 가슴 속 숨은 에너지가 장발의 외국 남자들을 통해 폭발한 게 아닐까 싶다. 짧은 머리의 남자 가수밖에 본 적 없던 이들에게 비틀즈의 모습은 충격적이었을 것이다.

그동안 많은 그룹 사운드들이 등장했지만 그들의 목소리가 높다고 느낀 적은 없었다. 솔직히 노래보다 얼굴이 중요했던 시절이었지만 노래 좀 한다는 가수는 젊은이들에게 꽤 인정을 받았다. 당시에도 가요곡이 유행했지만, 재즈클럽이나 주둔부대 출신 가수들의 노래가 더 내 마음을 울렸다. 그러다가 언젠가부터는 록 음악으로 관심이 옮겨가 하드록만 열심히 들었다. 무엇보다 곡이 좋았다. 영어 가사가 자세히 들리지는 않아도 그냥 리듬과 음색이 마음에 들었다.

그로부터 얼마간 지난 후 아마추어나 무명 가수도 참가할 수 있는 노래자랑 프로그램이 생겼다. 음악을 제대로 배운 적 없고 경력이나 경험이 없어도 가수가 될 수 있는 기회의 문이 열리게 된 것이다. 이것이 오디션 프로그램의 시작이었는지도 모른다.

1970년대 초반부터 80년대 초반까지 가요계에서 인기를 누리던 여가수 중에는 특별히 목소리가 높은 사람은 없었다. 남자 가수의 경우 노래보다 얼굴이 중요시된 적도 있었다. 그 시절 예쁘장한 얼굴로 인기를 끈 고 히로미는 아마추어와도 비교가 안 될 만큼 노래를 못했다. 그런데 그의 노래가 대박을 쳤다. 지금 같으면 절대 가수로서 인정받을 수 없는 수준이었다.

생각해보면 그 시기의 음악이 가장 재미있었다. 노래 잘하는 가수, 못하는 가수, 이상한 레코드 등 저마다 개성이 강했다. 리듬이나 곡조, 편곡 등 까다로운 기성세대에게 눈엣가시로 여겨졌던 그룹 사운드 시대를 거쳐오지 않았다면 나올 수 없었을 법한 곡들도 많았다. 만약 그들이 없었다면 가요곡이나 유행가가 그대로 이어지기만 했을 뿐, 아무런 발전도 없었을 것이다. 그룹 사운드의 힘은 위대했다. 이전까지 존재하지 않았던 것들이 나타나 유행을 만들고 음악을 변하게 했다. 그 후 또 진화해서 디지털 사운드의 음악이 자리 잡았고, 또 다시 급속히 진화해서 보컬로이드(음성 합성 프로그램)가 출현해 실제 존재하지 않는 가수가 노래를 부르는 시대가 되었다.

내가 어렸을 때 얼굴 없는 가수를 콘셉트로 내건 여성 복면 가수가 있었다. 아름다운 기모노 차림에 검은 복면을 쓰고 가요를 부르는 기묘한 모습을 TV에서 본 적이 있다. 그 후 복면을 벗고 히트곡을 내기도 냈는데 여전히 왜 그녀가 복면을 썼는지는 미지수다.

지금 활동하고 있는 밴드 중에 동물 복면을 쓰고 나오는 이들도 있다. 그들을 보고 있으면 왠지 즐겁다. 얼굴 없는 가수로 활동을 시작한 한 남성 그룹은 복면을 쓴 건 아니지만 얼굴을 공개하지 않고 있다. 최근에는 음정이 한 치도 벗어남 없이 기계처럼 정확히 부르는 가수들이 등장했는데, 그중 한 여가수는 음이 너무 정확해서 실제 그녀의 노래를 들은 성악가가 기계음인 줄 알았다는 경우도 있었다.

십여 년 전 음성 합성으로 노래를 한다는 이야기를 듣고 '이제는 사람으로서 존재하지 않는 가수가 나오는 시대가 되었구나' 하며 놀랐던 적이 있다. 오래 살다 보니 시대의 여러 진화

과정들을 직접 볼 수도 있고, 이렇게 세상이 변하는 것도 꽤 괜찮다는 생각이 들었다. 물론 사람은 아니지만, 기모노를 입고 검은색 복면을 쓴 별난 복면 가수보다 더 흥미롭다.

그런데 가만히 보면 저음인 사람이 보컬인 곡은 인기 차트에 잘 오르지 못하는 것 같다. 그러다 보니 음성 합성으로 제작한 음악들은 낮은 목소리보다는 인간이 내기 어려운 고음인 경우가 많다. 사람들이 저음보다는 고음에 익숙해서 그런 건지도 모른다. 저음보다 고음이 사람들의 마음에 더 강하게 다가오기 때문에 세상이 안정적으로 돌아갈 때는 저음이, 세상이 불안정하고 혼란스러울 때는 자극적인 고음이 유행하는 게 아닐까 싶다. 어떤 이유에서든 노래를 잘한다는 건 멋진 재능이다. 어릴 때부터 목소리가 낮고 음치인 나로서는 그저 존경스러울 따름이다.

내 목소리는 낮은 편이어서인지 저음의 가수를 좋아했는데, 고음 가수 중에 처음으로 좋아하게 된 사람이 있다. 케이트 부시라는 여성 가수다. 처음으로 그녀의 '폭풍의 언덕'이란 곡을 들었을 때 분명 내가 좋아하지 않는 부류의 목소리인데도 이상하게 마음이 끌렸다. 나중에 그녀를 영국의 록 밴드 핑크 플로이드의 데이비드 길모어가 발굴했다는 걸 알고는 '역시 그랬구나'라고 이해가 됐다.

나는 마음 상태에 따라 듣고 싶은 목소리가 달라진다. 여유롭게 있고 싶을 때, 힘을 내고 싶을 때, 조용히 있고 싶을 때 듣고 싶은 목소리가 다 다르다. 장마철 습도가 높은 계절에는 키린지의 '에일리언즈'가 유난히 듣고 싶어진다. 이 곡은 일본 음악사상 최고의 명곡 중 하나라고 자신 있게 말할 수 있다. 짜증이 날 정도로 습도가 높을 때 들으면 짜증 나는 습한 날씨마저 좋아진다. 무엇보다 이 곡을 듣고 있으면 카슨 매컬러스의 소설 〈결혼식 멤버〉를 읽던 그때의 감정이 되살아난다. 사춘기 소녀의 초조함과 소설의 배경을 이룬 미국 남부 시골 마을의 음울한 분위기. 그러나 절망이 아닌 구원도 있어서 이 곡과 이 책은 내 안에서 밀접하게 연결되어있다.

유튜브에 그들의 동영상이 올라와 있어 종종 일하면서 듣곤 한다. 역시 몇 번을 들어도 좋다. 유튜브에는 다른 가수들의 커버 동영상도 나온다. 명곡이기 때문에 다들 부르고 싶어 하는 게 당연하다고 생각하며 봤는데, 타지마 타카오가 커버한 노래를 듣자마자 '이건 대박인데?' 하며 그의 노래에 빠져들었다. 4년 전에 올라온 노래인데 전혀 몰랐다. 키린지는 젊고 풋풋하고 불안정한, 뭐라 설명할 수 없는 위태로움과 투명감이 있는 반면, 타지마 타카오의 노래에는 음울함 대신 도시적인 성숙한 분위기가 있다. 중년 혹은 노년의 커플이 커튼을 열어젖히고 창밖의 밤하늘을 바라보고 있을 것만 같은 편안한 행복감이 감돈다.

요즘 광고에서 타지마의 '입맞춤'이라는 곡이 흘러나오는데 그 분위기가 고스란히 '에일리언즈'로 이어져 있는 느낌이다. 같은 곡이라도 부르는 이에 따라 각자의 개성이 드러나는 게 너무 좋다. 원곡도 좋았는데 타지마 버전도 마음에 든다.

밴드든 보컬이든 마음에 자극을 주는 음악을 만나면 그들과 같은 시대에 살고 있다는 게 정말 다행이란 생각을 하게 된다. 내가 몇 살이 되어도 마찬가지일 것이다. 시대마다 유행이 달라지는 것도 재미있다. 앞으로도 변함없이 계속 좋아할 곡, 새롭게 알게 된 곡, 나를 깜짝 놀라게 한 곡 등 여러 가지가 있겠지만 앞으로 어떤 곡이, 어떤 가수가 나올지 너무나 기대된다.

18

노인 간병 문제를 생각하다

멀리 떨어져 지내는 부모님 간병을 위해 노인 돌봄 서비스를 의뢰했다가 갈등을 겪었다는 이야기가 심심찮게 들려온다. 특히 식사에 관한 문제가 많은 듯하다.

그중 한 명인 A씨의 이야기다. 그녀의 어머니는 정신적인 문제는 없지만 상시 돌봄이 필요한 상태라는 진단을 받아 간병인의 도움을 받고 있는데 지자체에 따라 간병인의 보조내용이 달랐다. A씨는 요즘 어머니가 외출도 할 수 없게 되었으니 매끼 식사가 가장 큰 즐거움일 것 같아 조리 보조원도 함께 파견해달라고 지자체에 의뢰했다.

A씨는 자신과 마찬가지로 풀타임으로 일하는 올케와 분담해서 올케는 직접 만든 조림류와 밑반찬 몇 가지를 일주일에

두 차례씩 냉장고에 넣어두었고, A씨는 고기 좋아하는 어머니를 위해 최상급 고기를 스테이크용, 샤부샤부용, 볶음용 등으로 나누어 냉장고에 넣어두었다. 혹시라도 조리 보조원이 오지 못하는 날에 대비해 전자레인지에 데우기만 하면 되는 체인점 도시락도 몇 개 사서 냉동실에 넣어두었다. 채소도 냉장고 채소 박스에 한가득 채워놓았다.

그런데 어느 날 아침 어머니에게서 전화가 왔다. 말을 꺼내기 어려운 듯 조심스럽게 이야기했다.

"샤부샤부가 말이야…"

A씨는 전날 "고기는 냉동실에 있으니 어머니한테 샤부샤부 좀 해주세요"라고 조리 보조원에게 여러 번 부탁했다. A씨와 올케는 둘이서 일주일 치 식단표를 작성해서 냉장고에 자석으로 붙여놓았는데, 조리 보조원이 식단표를 보고 바로 만들 수 있도록 배려한 것이었다. 그리고 조림이나 밑반찬이 냉장고에 들어있으니 식사 때마다 종류대로 꺼내 달라고도 부탁했다.

어머니의 전화를 받고 무슨 일이냐고 물었더니, 저녁 식사 때 샤부샤부가 나오긴 했는데 냄비가 아니라 프라이팬에 담겨서 나왔다고 한다. 샤부샤부에는 약간의 고기와 채 썬 표고버섯, 한입 크기로 자른 브로콜리 몇 개만 둥둥 떠 있었다고도 했다.

"표고버섯도 그렇게 가늘게 채 썰면 젓가락으로 집을 수가 없어. 게다가 샤부샤부 요리에 브로콜리가 들어간 건 본 적이 없는데"

어머니의 말에 깜짝 놀란 A씨가 물었다.

"다른 건? 먹을 거 또 없었어요?"

하지만 샤부샤부가 들어있던 프라이팬과 소스만 탁자 위에 놓여있었다고 한다. 어머니 입장에서는 자신을 위해 고생해주는 사람에게 이것저것 부탁하는 게 미안해서 "이건 좀 먹기 그러네요" 라거나, "이거 말고 먹을 게 냉장고에 들어있을 텐데 꺼내주세요"라는 말을 하기가 어려웠던 것 같다.

그 이야기를 듣고 곧바로 올케에게 전화하자 올케는 "새로 음식을 채워 넣으려고 냉장고를 열어보면 먹은 기색이 거의 없어서 할 수 없이 모두 집에 가져갔다"고 했다. 냉장고에 적당한 식재료가 없었다면 모르지만 두부를 비롯해 파, 당근, 버섯, 그 밖의 채소들이 다 냉장고에 있었는데 하필 거기서 고른 게 브로콜리와 표고버섯이라니.

"무슨 생각인지 모르겠네. 백번 양보해서 그 많은 냄비를 제쳐두고 프라이팬에 샤부샤부를 내놓은 건 뭐 좋다고 해. 하지만 재료가 그건 아니지. 재료가 그 정도밖에 안 들어가면 먹을 게 뭐가 있지? 샤부샤부는 그렇다 쳐도 냉장고에는 그거 말고도 반찬이 많았는데 왜 꺼내기만 하면 되는데도 안 드린 걸까?"

식사가 유일한 즐거움인 어머니가 정체를 알 수 없는 요리를 마주하며 실망하셨을 모습이 눈에 보이는 것 같았다.

내가 한마디 했다.

"그 사람, 샤부샤부를 먹어본 적이 없는 걸까?"

"아무리 먹어본 적 없다고 해도 핸드폰은 있잖아. 검색만 해도 알 수 있잖아. 복잡하고 어려운 요리도 아닌데"

그 사람은 레시피를 확인도 안 하고 엉터리 샤부샤부를 만들어 내놓은 것이다.

"명색이 조리 보조원인데 조리를 못 하면 말이 안 되지. 그게 아니라면 거짓말을 한 거고"

이 일을 담당자에게 확실하게 말해야 한다는 결론에 이르러, A씨는 지자체 담당자에게 연락했다. 상황을 설명하자 상대방은 "아아" 하고는 입을 다물었다.

"조리 보조원이라는 그분은 어떤 분이신가요?"

"요리를 잘하시는 분이에요"

"그럼 왜 이런 일이 벌어졌을까요?"

또 아무 말이 없다. 중년의 조리 보조원은 요리에 능숙하다면서 지원했다고 한다.

"그런데 요리를 제대로 하지 않았잖아요. 면접 때 요리할 수 있는 분을 뽑은 거 맞나요?"

담당자는 또 아무 말을 하지 않았다. 올케가 만든 반찬을 거의 내놓지 않은 것에 대해서도 물어보자, "글쎄요, 왜 그랬을까요?"라고 마치 남의 일처럼 말했다. 어쨌든 이런 상태라면 계속 일을 맡길 수 없다고 분명하게 전하고 전화를 끊었다고 한다.

다른 조리 보조원으로 바꿀 수 없느냐고 A씨가 물어봤더니 간병인과 한 팀을 이루고 있어서 그중 한 명만 교체하기는 어렵다고 했다.

"조리 보조원은 무슨 생각이었을까?"

"어떻게 하면 일을 조금이라도 쉽게 할까 생각했는지도 모르지. 그러니 만들어놓은 반찬이 냉장고에 있는데, 그걸 그냥 꺼내기만 하면 되는데도 그것조차 안 한 거지"

도무지 무슨 생각을 하는지 모르겠다면서 이야기를 이어갔다.

그러고 나서 얼마 뒤 또 다른 문제가 생겼다. 음식에 염분이 좀 많았는지 어머니에게 부종이 생긴 것이다. A씨가 곧바로 담당자에게 전화해서 "소금을 최소한으로 줄여서 조리해달라고 조리 보조원에게 전해주세요"라고 했더니 "소금 없이는 요리를 못해요!"라며 약간 화를 냈다고 한다.

"염분을 줄일 수 있는 방법은 얼마든지 있잖아요. 육수를 좀 더 진하게 할 수도 있고요"

지자체 담당자는 다시 입을 다물었다. 어떤 대답을 할지 기다렸더니 “그렇다면 저염식 도시락을 배달하시면 어떨까요?” 라고 말했다는 것이다. 되도록이면 방금 해서 따뜻한 음식을 드시게 하고 싶어서 조리 서비스를 신청한 거라며, A씨는 화가 나서 그동안 쌓였던 불만들을 쏟아냈다.

그러고 나서 마지막으로 당부하고 전화를 끊었다.

“어쨌든 부탁드린 일은 제대로 처리해주지 않으면 곤란해요”

하지만 그 후에도 상황은 개선되지 않았다. 요리를 전문으로 하는 헬퍼 한 사람만 보내주면 되는데 팀으로 구성된 시스템이라 안 된다고 했다. 그러면 일을 제대로 해주면 되는데 그것도 아니었다. 결국 A씨는 자신이 사는 동네로 어머니를 이사시키기로 결정했다.

또 하나는 도쿄 근교에 살고 있는 A씨의 지인 이야기다. 부모님이 고향인 오사카에 살고 있는데 멀리 떨어져 있어서 직접 챙겨드릴 수 없어 조리 보조원을 현지 도우미로 신청했다. 부모님께 드시고 싶은 게 없는지 물었더니 장어가 먹고 싶다고 해서 도우미에게 연락해 마트에서 파는 거라도 상관없으니 준비해달라고 부탁했다.

그러자 다음 날 아버지로부터 연락이 왔다. 장어를 드셨다고 하길래 안심했는데 그게 아니었다. 도대체 무슨 일이 있었는지 묻자 어머니가 입안을 다쳤다고 한다. 경상이지만 치매 증세가 있던 어머니가 장어 머리에 입을 다쳤다는 것이다. 먹지도 못하는 장어 머리를 노인들이 먹는 음식 위에 올렸는지 이유를 모르겠다.

"어떻게 생각해? 이 얘기?"

A씨가 나에게 물었지만 뭐라고 할 말이 없었다.

"도저히 믿을 수가 없네"

사람마다 자란 환경이 다르고 먹는 것도 다르니 식생활에 차이가 있는 건 당연하다. 하지만 요리의 기본이라고 할까, 근본적인 부분이 잘못된 것 같았다.

"요리를 잘한다고는 하는데 도대체 어떤 걸 잘하는지 모르겠어."

분명 제대로 일하는 조리 보조원도 있을 텐데 운이 나빴던 것일까. 두 사례 모두 대단한 요리를 요청한 게 아니었다. 지극히 평범하게 먹을 수 있는 식사를 원했던 것이다. 그런데도 문제가 생겼다. 특히 노인 돌봄에 관해서는 지자체에 따라 여러 가지 관계가 서로 얽혀 있어서 원하는 대로 되지 않는 것 같다. 먹는 즐거움이 삶의 전부인 노인에게는 힘든 일이겠다 싶어 마음이 아팠다.

19

필요 없는 물건을 정리하다

이사를 앞두고 일하는 틈틈이 이삿짐 포장과 청소 등으로 정신없는 나날을 보내고 있다. 27년 만에 하는 이사라 그동안 쌓인 것들이 많아도 너무 많았다. 그래도 계속 정리하고 처분하기를 반복하며 한고비를 넘겼다.

몇 년 전, 필요 없는 물건들을 처분하기 위해 친구와 함께 트럭을 부른 적이 있다. 그때 작은 트럭이 없다며 이삿짐 업체에서 보내준 것은 3톤 트럭이었다. 그걸 본 친구와 나는 말했다.

"저렇게 큰 트럭을 보내줘봤자 채울 게 없는데"

그런데 막상 필요 없는 물건들을 싣고 보니 짐칸에 틈이 없을 정도로 꽉 차서 우리는 얼굴을 마주 보며 어깨를 으쓱했다.

만약 그때 일부라도 처분하지 않았다면 지금 더 큰일 날 뻔

했다. 그때 비교적 작은 가구나 전자제품, 책, 그 밖의 자잘한 물건들을 처분해주고, 벽장 속에 있던 물건들도 그때 많이 가져가서 도움이 됐다. 벽장 깊숙이에 올려져 있던 물건들은 우리처럼 나이 먹은 여자들이 꺼내기에는 상당히 벅찼을 것이다.

지금 살고 있는 아파트에는 커다란 공동 쓰레기통이 있는데 하루는 그 쓰레기통이 커다란 쓰레기봉투로 가득 찼다. 이사 가는 집이라도 있나 했더니 그런 것 같지는 않았다. 그 후에도 매달 비슷한 일이 벌어졌다. 그제야 비로소 '아, 이 집은 정기적으로 필요 없는 물건들을 처분하고 있는 거였구나'라고 이해하게 되었다.

나에게도 이런 습관이 있었으면 참 좋았을 것 같다고 후회해봤자 이미 늦었다. 정리정돈을 게을리한 결과 몇 년 치, 아니 몇십 년 치 분량을 한꺼번에 처분하는 처지가 되어버렸다.

예전에 필요 없는 물건을 정리한 적이 있었는데, 그때는 필요하다고 생각해서 남겨뒀던 게 지금 방안에 남아있는 것들이다. 물론 절대량 자체는 전보다 줄어들었다. 하지만 불필요한 물건을 처분하기가 힘든 건 그때나 지금이나 마찬가지다. 먼저, 지난번에는 손대지 않았던 책부터 정리하고, 그밖에도 처분할 수 있는 건 다 처분했다. 자선단체에 기부한 것도 있고, 낡고 변색돼 기부조차 할 수 없는 것들은 종이 재활용품으로 분리 배출했다. 언젠가 쓰고 싶어 모아둔 인물 자료도 모두 버리고, 결국 새집으로 가져갈 책은 내 힘으로 들 수 있는 크기의 박스 13개 정도의 분량이 되었다.

책 정리만 끝나도 나머지는 그럭저럭 되겠지 싶어 포장을 끝내고 한숨 돌렸다. 우리가 살아가면서 쓰는 물건이 이렇게나 많은 줄은 정말 몰랐다. 미리 사서 쌓아둔 것도 많았다. 새로 이사 갈 집도 마트까지 가는 데 오래 걸리지 않으니 많이 사서 쌓아둘 필요가 없다. 그렇다고 있는 걸 버릴 수는 없고 어쩔 수 없이 가져가야 했다. 앞으로 다 쓰고 나면 재난 용품 외에는 미리 사두지 않기로 굳게 다짐했다.

생필품을 너무 많이 사서 쌓아두지만 않아도 앞으로 집 정리가 상당히 편해지지 않을까 생각하며 물건들을 상자에 담았다. 고양이 시이가 사용했던 화장실도 깨끗이 닦아서 거의 10개월 동안 그대로 두었었는데 이번에 캐리어와 함께 처분했다. 이사 갈 집은 애완동물 사육이 금지될 뿐 아니라 임시로 키우는 것도 안 된다. 그러니 앞으로는 사용할 일이 없을 것 같았다.

물건들을 선별하고 포장하다가 싫증이 나면 가구를 옮기고 청소를 했다. 작은 옷장과 서랍장을 옮기다가 그 틈에서 시이가 좋아하던 장난감들을 발견했다. 남은 털실로 만들어준 공이다. 처음에는 작은 쥐 모양의 장난감을 사줬는데 고양이가 잘못 삼키는 사고가 일어난다는 말을 듣고 모두 버렸다.

어떤 장난감을 사줄까 고민하던 중에 남은 털실이 눈에 띄어서 그걸로 공을 만들어주었더니 고양이가 너무나 좋아했다. 한꺼번에 10개 정도 만들어놓고 더러워지면 버렸기 때문에 남은 게 없는 줄 알았는데 시이가 놀다가 떨어뜨렸던 것 같다. 시중에서 파는 비슷한 공 모양 장난감도 사봤는데 시이는 내가 직접 만든 털실 공만 좋아했다. 공을 던져주면 점프해서 손으로 쳐서 떨어뜨리곤 했다. 그걸 너무 잘해서 "우와~ 대단하네"라고 칭찬했더니 지치지 않고 계속하는 바람에 내가 녹초가 된 적도 있다. 저 혼자 바닥에 굴리며 놀기도 했는데 그러다 틈새로 들어가 버렸을지도 모른다. 여러 가지 그리운 모습들이 되살아나 공 냄새를 맡아본 뒤 버렸다.

기모노가 들어있는 오동나무 장롱 두 개는 가져갈 거라서 위쪽을 닦으려고 보니 탁구공보다 조금 작은 크기로 뭉쳐 놓은 종이 뭉치가 있었다. 시이는 창틀에서 오동나무 장롱 위로 뛰어 올라가곤 했는데 이따금 그 위에서 나를 내려다보며 큰 소리로 "야옹, 야옹" 하고 외쳤다.

"우와, 대단하네"라고 하면서 둥글게 만든 종이 뭉치를 던져주면 멋지게 앞발로 탁 쳐냈다. 어쩌다가 그게 내 얼굴에 딱 맞으면 상당히 아팠다. 종이를 쳐내고 나서 눈을 반짝이며 빨리 또 던져달라고 재촉했다.

“아프니까 내 얼굴은 노리지 마”라고 했는데도 일부러 그러는지 앞발로 치면 또 내 얼굴에 부딪혔다. 그러고는 재밌다는 듯 또 “야옹”하고 큰 소리를 낸다. 도대체 왜 그래, 하고 투덜거렸지만 시이는 이 놀이가 끝나면 기분 좋은 듯 실내를 뛰어다녔다. 종이뭉치 말고도 선반 안쪽에서 시이가 가지고 놀던 나무 조각이 나왔다. 평소 청소를 잘 하지 않던 곳을 정리하다 보니 추억에 잠기게 하는 물건들이 이것저것 나왔다.

2인용 소파는 시이가 어렸을 때 침대로 사용했는데 나이가 들자 침대에서 자지 않고 바닥에 누워 잤다. 나도 소파보다는 의자에 앉을 때가 많고 새집에는 소파 둘 공간도 없어서 처분하기로 했다. 소파를 옆으로 옮겨 가려져 있던 부분을 청소하려다 보니 소파 옆부분에 물이 번진 듯한 꽤 큰 얼룩을 발견했다. 여기다 물을 뿌렸을 리는 없고 곰곰이 생각해보니 한때 우리 집과 옆집을 드나들던 길고양이가 영역표시를 한 흔적인 것 같았다. 높이로 보나 얼룩 모양으로 보나 틀림없었다.

처음에 이 길고양이는 암컷 냄새를 맡았는지 바깥 계단으로 올라와 우리 집 시이를 보려고 베란다로 찾아왔다. 하지만 시이는 이미 수술을 한 상태였고 그럴 마음도 없는 듯 반응하지 않았다. 그 길고양이는 고양이가 있는 우리 집 말고 옆집에서도 밥을 주기 때문에 매일 찾아왔다. 우리 집에서는 시이가 먹다 남은 걸 줬는데 옆집은 "밖에서 사는 게 힘들지? 먹고 힘내렴" 하면서 유정란 날달걀도 주고 자연산 방어회도 주는 등 호화로운 식사를 차려줬다. 옆집에서 밥을 얻어 먹고 나서는 우리 집 베란다에 배를 위로 하고 편안하게 누워 자곤 했다.

"떠돌이 생활은 힘들겠지?"

나는 이렇게 말하며 푹 자고 있는 길고양이의 모습을 시이와 함께 바라보곤 했다.

시이가 에어컨 바람을 싫어해서 우리 집은 에어컨은 되도록 켜지 않았다. 내 집인데도 나에게 권한이 없었다. 다행히 통풍이 잘돼서 날씨가 더우면 바람이 통하도록 문을 살짝 열어두곤 했다. 어느 여름날 현관문을 열려다 보니 길고양이가 집 안으로 들어와 있었다.

"어머, 웬일이야?"

대부분의 고양이는 주인이 다가가면 밖으로 나가는데 그 고양이는 계속 집 안쪽으로 도망치듯 들어갔다. 그게 나는 늘 재미있었다.

시이는 그 고양이를 쫓아내려고 하지는 않았지만 '뭐 하는 거야?'라는 듯 차가운 시선으로 바라보았다.

어느 날 부엌에서 하던 일을 마치고 거실로 나가 보니 길고양이가 몰래 들어와 소파 옆에 앉아 있었다. 시이는 침실로 피신한 상태였다.

"어머나, 왔니?"

내가 말을 걸자, 다급하게 베란다 쪽으로 나가려고 해서 방충망을 열어주었다. 도망갈 줄 알았는데 베란다에 다시 앉더니 평소처럼 '뭐 좀 줘봐요'라고 재촉하는 듯한 표정을 지었다.

길고양이가 소파 옆에 있는 걸 눈으로 직접 본 게 바로 그때였는데 아마도 그때 영역표시를 한 게 아닐까 싶다. 그 길고양이한테서는 시큼한 냄새가 났었는데 이 영역표시 흔적에서는 냄새가 전혀 나지 않아 몰랐던 것이다.

항상 소파 옆 바닥에서 자던 시이가 언젠가부터 거기서 자지 않았는데 지금 생각해보면 길고양이의 영역표시 때문이 아닐까 싶다. 그 길고양이는 동네 고양이들과 싸우다 상처가 나서 얼마 뒤 죽었고 작년에는 시이도 세상을 떠났다. 지금 나는 영역표시 흔적을 바라보면서 '그래서 그랬던 거구나'라고 추측할 수밖에 없다.

같이 산 기간이 27년이나 되다 보니 여러 추억들이 떠오른다. 오랫동안 살던 집을 떠나 이사가거나 집을 허물거나 할 때 그 집을 바라보며 감정이 북받쳐서 눈물 흘리는 사람들을 본 적이 있다. 그때는 그냥 '그럴 수도 있겠네'라며 가볍게 공감하는 정도였는데 이번에 이사 준비를 하면서 그 사람들의 마음을 이해할 수 있을 것 같았다. 월세로 사는 집이라 내 것이라는 인식은 없었지만 역시나 살아온 세월만큼 수많은 추억이 깃들어있다. 특히 22년 동안 시이와 함께 살았던 게 가장 커다란 부분을 차지한다.

시이의 유골함과 사진은 이사 당일 내가 들고 가기로 했다. 그런데 시이가 혹시라도 하늘나라에서 이 세상으로 놀러온다면 새로 이사간 곳을 잘 찾아올 수 있을지, 고양이는 죽어도 그 집에 산다고 하는데 조금 걱정이 되었다. 이사가기 전까지 그 집에서 매일 "알겠어? 이사한 뒤에는 여기 와도 엄마는 없어. 새집으로 잘 찾아와야 해, 알았지?"하고 알려주었는데 사진 속 시이의 표정은 살아있을 때와 마찬가지로 "그렇게 여러 번 말하지 않아도 다 안다구요"라며 화를 내고 있는 것처럼 보였다.

20

옛집을 청소하며 추억에 잠기다

폭풍 같은 포장 작업과 이사 업체 사람들의 능숙한 일처리로 이삿짐이 모두 무사히 새집에 도착했다. 시이의 유골함은 내가 직접 들고 갔다. 안치할 공간이 정해질 때까지 우선 테이블 위에 올려두었다. 짐을 옮기고 나니 마음은 놓였지만 이걸로 끝이 아니다. 이사하고 나서 이틀 전까지 열쇠를 반납해야 비로소 완전히 끝난다.

일단은 오전에 이삿짐을 새집으로 모두 옮겨놓고, 오후에 먼저 집에 가서 버릴 물건들을 이사 업체에 처분해달라고 부탁할 생각이었다. 업체 사람들이 수거할 물건들을 골라내는 동안 나는 각 방을 청소기로 청소한 뒤 마지막으로 먼지 쓰레기가 가득 찬 청소기까지 처분해달라고 넘겨주고 마무리하려고 했다. 혹시 이 계획대로 안 된다면 다음 날 가서 작은 빗자루로 방을 청소할 생각이었다.

예전 집은 혼자 살기에는 지나치게 넓었다. 젊을 때는 넓은 게 좋았지만 27년이나 살면서 나이를 먹고 보니 넓은 집이 부담스러웠다. 주거 공간이 78㎡, 베란다를 포함하면 100㎡나 되는, 4인 가족에게 적합한 이 넓은 공간은 제대로 청소하기도, 정리하기도 힘에 부쳤다. 늘 깨끗이 쓸고닦고 하는 사람이라면 괜찮겠지만 나는 원래 청소를 잘하지 못해서 방마다 유리창을 닦고 나면 녹초가 되어버렸다. 어떤 이는 청소업체에 맡긴다고 하는데 성격상 나는 스스로 할 수 있는 일을 남에게 맡기지 못 했다.

베란다가 딸린 방은 전통가옥처럼 베란다 쪽 창을 장지문으로 해서 창호지를 발라놓았는데, 창호지에 아주 작은 구멍이라도 나 있으면 시이는 그걸 보고 좋아서 앞발을 넣어 종이를 찢곤 했다. 집주인이 친절하게도 "수리해드릴까요?"라고 물어보았지만 계속 거절해왔다.

"새로 창호지를 갈아 끼워도 어차피 또 금세 고양이가 찢을 텐데요 뭘, 괜찮아요"

그 후 심하게 찢어진 창호지는 모두 걷어내고 문살만 남겨두었는데, 문살 사이사이의 먼지를 닦고 청소하는 것도 일이었다. 그러다 보니 나이든 나의 정리정돈 능력에 어울리지 않은 방이 되었고, 그렇다고 이대로 지저분해도 괜찮다며 무신경하게 넘어갈 성격도 아니어서 방 세 개에 거실이 있는 이 큰 공간을 깨끗하게 유지하는 게 늘 스트레스였다.

예전 집은 지은 지 6년 되던 해에 입주했는데 벽지는 전에 살던 사람들이 쓰던 것이었다. 예전 집주인은 아직은 깨끗해서 문제가 없다고 생각한 것 같다. 몇 년 전 아파트를 대대적으로 수리했는데 그때 이 집을 새로 인수한 두 번째 집주인이 일반 욕조를 오이타키(식은 목욕물을 다시 데우는 방식) 욕조로 바꿔주었고, 탈의실과 화장실 설비를 교체하고 벽지도 바꿔주었다.

화장실을 깨끗하게 고치고 나자 거실 쪽 벽의 오염이 눈에 띄었다. 벽지의 풀 때문인지 아니면 이전 세입자가 흡연자였던 건지는 알 수 없지만, 해마다 벽지에 노란 얼룩이 두드러졌다. 보통은 벽지 이음새를 따라 얼룩이 나타나는데 도배할 때 풀 처리를 잘못하면 그럴 수 있다고 한다. 어쩌다 위를 올려다보면 손이 닿지 않는, 일상생활에서는 절대로 만질 일 없는 커튼 박스 같은 곳의 모서리가 노랗게 변색돼 있기도 했다. 도배풀이 묻은 손으로 벽지를 만져서 얼룩진 것이거나, 도배풀 위로 흡연자의 담배연기가 밴 것일지도 모른다고 상상의 나래를 폈다. 닦을 수 있는 곳은 닦아서 지웠지만 발판을 딛고 올라가 손을 뻗어도 닿지 않는 곳은 포기할 수밖에 없었다.

대대적인 수리를 마치고 집주인이 집안을 돌아보며 말했다.

"가능하면 방도 새로 수리하고 싶은데 어떻게 할까요?"

아래층 집들은 모두 세입자가 바뀌어 이사를 나갈 때마다 리모델링을 하거나 설비를 새로 바꾼 것 같은데, 우리 집과 신축 때 입주한 옆집은 수리를 한 적이 한 번도 없는 상태다. 나 혼자였다면 공사기간 동안 단기로 방을 얻어 나갔다가 다시 들어와도 되지만, 그때는 시이도 같이 살았기 때문에 나이 많은 고양이를 데리고 임시로 나가 사는 게 쉽지 않은 일이었다. 그래서 집주인에게 솔직하게 이야기했다.

"고양이가 하늘나라로 떠나면 이사가려고 해요. 제가 나갈 때 수리해주세요"

그것이 이번 이사로 이어진 것이다.

서재와 침실에 깔았던 카펫도 30년이 넘은 거라 내가 이사간 뒤 교체할 것이고 바닥재도 교체할 것이다. 아무리 그렇다고 해도 제대로 치우지 않고 나가기엔 미안한 마음이 들었다. 보증금에서 청소비가 차감되긴 하지만 최소한 눈에 띄는 먼지나 쓰레기는 없이 청소하고 떠나고 싶었다.

이삿날 오후, 청소하러 예전 집으로 다시 가보니 때마침 폐기하려던 물건들을 가져가려고 이사 업체 트럭이 와 있었다. 그들이 모아놓은 폐기물과 버리려고 둔 소파 등을 싣고 있는 동안 청소기를 들고 방으로 들어간 나는 나도 모르게 "헉!" 소리를 내며 멈춰섰다. 오동나무 장롱이 있던 자리에 장난감들이 쌓여있었던 것이다.

"이게 어떻게 된 거지?"

다가가 보니 낯익은 털실로 만든 공이나 작은 토끼, 쥐 같은 시이가 물고 놀던 장난감이 수북이 놓여있었다.

"어머나!"

다가가서 쭈그려 앉아 그것들을 바라보며 어찌 된 영문인지 생각해보았다. 가만히 생각하니 그 자리는 창 옆에 오동나무 장롱이 있던 곳이었다. 시이는 어렸을 때 장난감을 물고 창으로 뛰어 올라갔다가 오동나무 장롱 위로 펄쩍 건너가면서 놀곤 했다. 지난번 청소할 때도 가구 틈새에서 장난감이 나왔는데 여기 있는 것도 시이가 장롱 뒤로 떨어뜨린 것들이었다.

장난감을 물고 뛰어다닐 때 잘못 삼키면 위험하기 때문에 놀고 난 뒤 시이의 상태를 항상 체크했지만 장난감의 숫자를 일일이 세어보지는 못했다. 토끼와 쥐는 여러 개를 세트로 팔았기 때문에 없어지면 새로 주고, 없어지면 또 새로 주고 했는데 어느새 다 없어졌다.

청소기로 어찌할 수 있는 게 아니어서 가져온 쓰레기봉투에 장난감을 하나씩 넣었다. 지난번 청소할 때는 틈새에서 한두 개 나온 게 전부라 추억에 잠겼지만 지금은 세어보니 30개나 됐다.

"이렇게나 많은 장난감을 가지고 놀았구나!"

장난감을 입에 물고 으스대는 듯한 표정으로 내 쪽으로 다가올 때, 앞다리가 약간 팔자걸음이 되던 시이의 모습이 떠올랐다. 30개나 되는 장난감에 하도 먼지가 많이 묻어있어서 이번에는 냄새도 맡지 않고 고무장갑 낀 손으로 집어 담담하게 쓰레기봉투에 넣었다.

오동나무 장롱 뒤에는 장난감 말고도 시이의 털과 먼지가 뒤엉켜 펠트로 만든 띠처럼 쌓여있었다. 이것도 청소기로 빨아들일 수 없어서 먼지 띠를 쓰레기봉투에 집어넣고 청소기를 돌렸다. 청소기는 흡인력이 점점 떨어졌다. 파워가 약해서 버리려던 것이긴 해도 이 중요한 때에 마지막 힘을 다해주지 않으면 안 되는데 말이다.

"이상하네, 어디로 갔지?"

이렇게 말하면서 장난감을 다시 산 기억이 난다. 평소 청소할 때 구석에서 나오기도 하고 책상다리 뒤에서 나오기도 했다. 어쨌든 이런 작은 장난감들은 눈에 띄는 곳에 있지 않은 한 어디로 갔는지 깊이 고민하지도 않았고, 찾지도 않았다.

"아, 여기 있었구나!"

우연히 장난감을 찾을 때도 있었지만 시이도 새 장난감을 더 좋아할 것 같아서 찾아도 버리곤 했다. 그러다 보니 개수가 줄어들고 행방불명이 된 게 많았는데, 그게 다 이 오동나무 장롱 뒤에 수북이 쌓여있던 것이다. 하긴 이 틈새로 떨어뜨렸다면 여기 있다는 걸 알았어도 쉽게 꺼낼 수는 없었을 것이다.

방 청소가 끝난 다음 카펫이 깔려있는 침실로 가보니 서랍장이 놓여있던 뒤쪽에도 먼지가 띠 모양으로 쌓여있었다. 청소를 하면서, 임대인들이 왜 반려동물을 금지하는지 그 이유를 알 것 같았다. 동물을 키우는 집주인이라면 동물과 함께 산다는 게 어떤 건지 아니까 이해해주겠지만, 반려동물은 안 된다고 하는 데는 이유가 있는 것이다. 집주인이 반드시 동물을 싫어해서 그러는 건 아니다. 동물이 있으면 아무래도 집이 많이 손상되기 때문에 꺼리는 것이다. 고양이 한 마리밖에 안 키운 우리 집도 가구 뒤에 이렇게 많은 털이 먼지와 뒤섞여 뭉쳐있었으니…. 게다가 그런 곳이 한두 군데가 아니었다.

먼지 덩어리를 손으로 집어 쓰레기봉투에 버리고 청소기로 카펫을 청소하고 있는데 이상한 소리가 나더니 청소기가 멈춰버렸다. 카펫에는 아직 군데군데 솜 같은 먼지가 붙어있다. 스테인리스로 된 그물 선반이 놓여있던 곳을 가보니 그 아래 카펫 일부가 동그랗게 털이 빠져있었다. 선반에 높이 20cm 정도의 다리가 있었는데 시이가 그 사이를 파고드는 걸 좋아해서 발톱으로 긁곤 했었다. 그 부분이 둥글게 털이 빠진 것이다. 사정을 모르는 집주인이 나중에 카펫을 걷어낼 때 이걸 보며 고개를 갸웃거릴 게 틀림없다.

텅 빈 집안을 바라보며 새삼스럽게 "넓다, 넓어. 진짜 넓다"라고 중얼거렸다. 청소할 때 와준 옆집 이웃도 자기 집은 더 넓으면서 "넓네!'라고 말했다. 방의 벽지가 벗겨진 곳도 있고 얼룩진 곳도 있었다. 그렇지만 이 집에서 나는 27년을 살았고, 시이를 키우며 함께 산 것만도 22년 7개월이나 됐다. 성격이 활발했던 시이는 방안을 자유롭게 뛰어다니고 창문에서 옷장 위아래로 오르락내리락했으니 공간적으로는 만족했을 것이다.

청소는 어중간한 상태로 끝났다. 고장난 청소기는 이사 업체에 넘겼다. 다음날 옆집 이웃에게 청소도구를 빌려 일단 쓰레기가 보이지 않을 정도로 청소를 하고 다음다음 날 무사히 열쇠까지 반납했다.

이로써 옛집과는 완전히 작별했고 새집 생활이 시작되었다. 짐을 많이 줄였는데도 수납할 수 없는 것들이 많아 짐을 풀면서 또 다시 필요 없는 물건들을 선별해야 하는 작업이 시작되었다. 정말 한심하기 짝이 없는 상황이다. 어떻게든 연말까지는 정리를 마무리하고 싶다.

그런데 얼마 전 이상한 일이 있었다. 문득 현관 마룻바닥을 내려다보다 깜짝 놀랐다. 분명 처음에 거기에는 아무것도 없었는데 시이의 발자국 비슷한 모양이 있는 것이다. 예전 집 거실도 시이가 걸으면 발자국이 남았다.

“시이는 발에 땀이 많구나”

발자국이 선명하게 찍힌 걸 보고 아무 생각 없이 말했더니, 시이가 ‘야옹’ 하면서 몹시 화를 냈다. 발에 땀이 많다는 말에 기분이 상한 것 같았다.

“미안, 미안. 발에 땀이 많은 게 아니지? 내가 착각했네, 미안해”

나는 즉시 사과했다. 시이는 마치 당연하다는 듯 ‘음~’ 하고 불만스러운 소리를 냈었다. 그때와 비슷한 발자국이 새로 이사 온 이 집에도 나 있었다. 어쩌면 예전부터 있었는데 내가 못 보았는지도 모른다. 그게 우연히도 시이의 발바닥 모양과 닮은 거겠지. 하지만 나는 그렇게 생각되지 않았다.

“시이야, 헤매지 않고 제대로 새집을 찾아와줬구나. 정말 다행이야”

이렇게 말하면서 가슴을 쓸어내렸다. 내가 생각해도 어이없을 정도로 나는 고양이 바보인 것 같다.

21

버리고 줄이는 삶을 실천하다

이번에 이사 준비를 하면서 구입한 지 10년이 넘은 소형 TV를 버리려고 했다. 그러나 고장 난 것도 아니고 아직은 볼 수 있어서 일단 새집으로 가져왔다. TV 받침대는 버렸기 때문에 먼지를 제거하는 돌돌이와 함께 좌식 테이블 위에 올려놓았다.

케이블 TV 가입을 하면 공영방송도 볼 수 있지만, TV로 보는 프로그램은 몇 안 되고 인터넷으로도 볼 수 있어서 TV가 고장 나더라도 새로 살 생각은 없었다. 그러다 보니 이제는 지상파 디지털 방송밖에는 볼 수 없다. 게다가 태풍이 지나간 뒤로 안테나 방향이 돌아갔는지 몇 개 채널은 나오지 않는다. 가끔 뭔가 나오는 것 같기도 한데 모자이크 처리된 것처럼 화면에 줄이 생겨 알아볼 수가 없다. 어쩌면 재미있는 프로그램을 하고 있을지도 모른다는 생각을 하며 모자이크 화면을 보고 있자니 약간 억울한 마음이 들었다. 하지만 무엇을 방송하는지 모른다면 억울할 것도 없지 않나 생각하기로 했다.

이사하고 나서 한창 짐 정리를 하던 중 점심을 먹으며 TV 편성표를 보다가 '행복한 삶을 위한 다운사이징 - 캐나다 시니어들의 대정리 작전'이라는 방송을 한다는 사실을 알게 되었다. 내가 자고 있을 시간대라 녹화해두었다가 얼마 전에 보았다. 케이블 채널의 세계의 다큐멘터리 시리즈 중 한 편이었는데 이번에 지상파 디지털 TV에서 다시 볼 수 있어서 다행이었다.

'행복한 삶을 위한 다운사이징'이라는 방송은 2020년 캐나다에서 제작한 프로그램으로, 등장인물은 79살의 캐나다인 여성, 홍콩 출신의 62살 남성, 90살의 자메이카계 캐나다인 여성이다. 세 사람 모두 소유한 물건이 너무 많아 어떻게 처분해야 할지 고민하고 있었다.

79살 여성은 재혼한 남편과 넓은 저택에 살다가 남편이 사망하자 혼자서는 집 관리를 할 수 없어서 좁은 아파트로 이사 가기로 했는데 물건을 처분할 수가 없었다. 그녀는 활동적인 사람이어서, 실내 인테리어가 아름답게 꾸며지고 샹들리에가 빛나는 방에서 친구들과 카드 게임을 하고 나이 많은 사람들은 선뜻 나서지 못하는 레저활동에도 적극적으로 참여하기도 했다. 가정에서 사용하는 집기들도 고급스럽고 비싸 보이는 것들이 많았다. 집이 넓고 깔끔하게 정돈되어있어서 평상시에는 물건이 많다고 느끼지 못하는 점이 함정이었는지도 모른다.

그녀의 어머니가 그린 그림을 딸에게 보여주며 "네 외할머니가 그린 건데 이걸 쓰레기로 만들 순 없지"라고 말하자 딸은 필요 없다고 딱 잘라 거절한다. 지금까지 소중하게 간직하고 있던 것인데 아무도 원하지 않는 것이다.

TV 속 그녀들의 대화를 보며, 나에게는 소중한 물건일지라도 나 아닌 다른 사람에게는 있어도 그만 없어도 그만인 물건이 된다는 뻔한 사실을 새삼 느꼈다. 가족이니 나와 같은 생각을 할 거라고 기대하지만 사람마다 취향도 다르니 어쩔 수 없다. 하지만 이 사실을 알게 된 부모는 충격이 꽤 컸을 것이다.

새집으로 가져가고 싶은 물건에는 녹색 테이프를 붙여두었는데, 딸이 그걸 보며 너무 많다고 어이없어한다. 딸은 "도와줄 수는 있어도 물건에 대한 추억을 내가 판단할 수는 없으니 엄마가 결정할 수밖에 없어요"라고 말한다. 여성은 고민으로 잠도 제대로 못 자다가, 결국 이사와 매입을 처리해줄 업체를 찾았다. 불필요한 물품은 옥션에서 팔아주는 것으로 협상이 이루어지면서 잠시 멈췄던 정리 작업이 다시 시작되었다.

또 다른 출연자인 홍콩 출신의 남성은 젊은 시절 캐나다로 이주해 현지인 여성과 결혼했다. 아내는 명문가 출신으로 원래부터 물려받은 소장품이 많았는데 친족이 사망할 때마다 유품을 보내와 물건들이 더 많아졌다. 아내는 그것을 명예로운 일이라고 생각했다. 그런데 갑작스럽게 아내가 죽자 산더미처럼 쌓인 유품만 남게 되었다. 집 안은 마치 창고처럼 변해서 박스 더미가 여기저기 쌓여있다. 그 박스 안에 도대체 뭐가 들어 있는지 주인도 모른다. 방마다 짐이 넘쳐나서 정말 힘들겠다고 생각했는데 사실 짐은 더 있었다. 다른 곳에 창고를 빌려 사용하고 있었고, 창고 비용으로 20년 동안 오천만 엔 가까이 지불했다고 한다. 그 남자는 지금 살고 있는 집을 팔고 빌라로 이사할 생각인데, 아내의 유품을 처분하려니 사랑의 추억까지 지워버리는 것 같아 견딜 수 없었다고 했다.

그래도 간신히 마음을 다잡고 박스에 물건 몇 가지와 유품 사진을 넣어 앤티크 숍으로 가져갔다. 유리그릇들과 디저트 접시, 수정으로 된 담배 케이스 등 모두 고급스럽고 멋진 물건이지만 숍 주인은 안타깝게도 지금은 이런 물건을 원하는 사람이 없다고 한다. 물건을 처분하는 그 남자의 마음을 가게 주인이 너무나 다정하게 공감해주는 모습이 인상적이었다. 추억이 담긴 물건, 특히 그 물건의 주인이 세상을 떠난 경우는 유품을 처분할 때 마음 속에 아픔을 동반한다는 것을 이런 일을 하는 사람은 누구보다 잘 알고 있기 때문일 것이다.

또 한 명의 90살 여성은 누구의 도움도 받지 않고 혼자 버스를 타고 가서 노숙자를 위한 배식 봉사나 노인을 위한 식사 지원 등 자원봉사를 하고 있다. 방이 셋이었던 집에서 둘인 집으로, 그리고 다시 방이 하나뿐인 좁은 집으로 옮겨왔는데 그동안 물건은 하나도 처분하지 않았다고 그녀는 말한다. 방이 셋이었던 집에 살 때 가지고 있었던 짐을 단칸방에 넣었으니 집안이 물건으로 가득찰 수밖에 없었다. 딸이나 손주들은 정리되지 않은 물건들이 가득한 방에서 그녀가 사는 게 안전하지 않다고 생각해 걱정스러워한다.

할머니를 요양시설로 보내자는 이야기가 나왔지만 분명 싫어하실 것 같다는 결론에 이르렀다. 결국 그녀를 설득해서 방을 정리할 수밖에 없었다.

딸이나 손주가 "겹겹이 깔려 말려 올라간 카펫에 발이라도 걸려 넘어지면 위험하다"거나 "커다란 테이블인데도 물건으로 가득 차서 제 역할을 못 한다"고 설명하고 정리를 시작하는데, 소파에 앉아 있던 할머니는 "방을 치우고 나를 어딘가에 보내버리려는 생각이지?"라며 언짢아한다. 그걸 일일이 설득해가면서 정리하는, 그야말로 정리와 설득의 반복이었다. 할머니는 집 안 물건을 처분하는 것에 끝까지 좋지 않은 표정이다.

그 테이블은 죽은 큰딸이 쓰던 물건이라며 끝까지 처분하는 걸 반대했지만 촬영 중 스스로도 몸이 약해진 걸 깨닫고 집안에 물건이 꽉 차면 왜 위험한지 이해하게 된다. 손주들이 SNS에 "필요 없어진 물건들은 나눔합니다"라고 올렸는데 이것을 본 한 남성이 테이블을 가져갔다.

집 안 가득했던 물건들을 업체에 넘긴 79살 여성의 아파트에는 저택에 살 때와 마찬가지로 친구들이 카드게임을 하러 온다. 90살 할머니의 집에는 딸과 손주들이 모인다. 물건을 버린다고 해서 그때까지 쌓아온 인간관계까지 사라지는 것은 아니었다. 그것은 홍콩 출신 남성의 경우도 마찬가지다. 먼저 떠나간 아내의 유품을 처분한다고 해서 아내에 대한 기억과 애정이 사라지는 것은 아니다. 이런 사실을 깨닫고 혼자 살기 위한 첫걸음을 내딛으려는 그의 모습을 보며 가슴이 뭉클해졌다.

물건을 처분할 때 도움을 줄 사람이 곁에 있는 게 좋은지 없는 게 좋은지는 사람마다 다를 것이다. 개인의 추억과 전혀 상관없이 기계적으로 처리해주는 사람이 옆에 있으면 처분하는데 도움이 된다는 사람도 있지만, 이 남성은 죽은 아내에 대한 애정이 너무 깊어서 모든 걸 스스로 판단하고 스스로 처리하고 싶어 했다. 그러기엔 처분해야 할 물건의 양이 평생 가도 처리하지 못할 정도로 많았다.

사와노 히토시의 〈할아버지의 정리〉라는 책에는 '물건을 정리하지 못하는 사람은 물건을 버리지 못하는 것이 아니라 추억이 담긴 물건에 둘러싸여 있고 싶은 것이다'라는 내용이 있다. 정말 맞는 말이라고 생각한다. 나는 혼자 살기 때문에 가족의 짐, 물건에 대한 애착이 없지만 만약 나에게 남편이 있고 아이가 있다면 추억은 셀 수 없이 많을 것이다. 방송에 나왔던 그들도 그랬다. 추억이 사라지는 것이 싫었던 것이다. 나 혼자만의 물건을 처분하는 것도 어려운데 가족과의 추억이 담긴 물건이 엄청 많이 있다면 도대체 어떻게 해야 할지 쉽게 판단할 수 없을 것이다.

이 프로그램에 등장한 사람들은 죽음에 대한 준비를 하고 있었다. 79살 여성이나 90살 여성은 모두 요양시설이 안전할지는 몰라도 들어가기 싫다고 한다. 요양시설이 아니라면 사는 집이 위험하지 않고 쾌적한 환경이 유지되어야 한다.

필요 없는 물건들을 처분하는 것은 빠르면 빠를수록 좋다. 체력이 뒷받침되는 50대부터 시작하면 좋을 것 같은데, 가족들과 함께 사는 사람이라면 자기 마음대로 하지는 못 할 것이다. 스스로에게 필요한 물건의 적정량이 얼마만큼인지 늘 염

두에 두고 물건을 관리할 줄 아는 사람이라면 굳이 가진 물건들을 대대적으로 정리할 필요는 없을 것이다.

이 방송을 보며 든 생각은 많은 물건으로 인한 고민과 집의 크기와는 상관없다는 점이다. 매일 쓰지 않는 물건으로 채워지고 있는 현실은 모두 같다. 안에 뭐가 들어있는지도 모르는 상자더미에 묻혀 사는 것, 사용하지 않는 물건들 때문에 오천만 엔 가까이나 지불한다는 것. 도대체 우리가 무엇을 위해 사는 것일까 돌아보게 한다.

창고를 빌려서 필요 없는 물건을 쌓아둔 적은 없지만, 나 역시 거의 사용하지 않는 물건들을 버리지 못 한 채 끌어안고 살아오긴 했다. 쓰지 않는 물건 때문에 비용을 얼마나 지불했는지 한번 계산해볼까 싶었지만 겁이 나서 하지 못 했다. 전에 살던 방 세 개짜리 아파트에서 내가 주로 사용했던 공간은 거실과 침실뿐이었고 나머지 두 개의 방은 거의 창고처럼 사용했다. 그래서 3분의 2 크기의 집으로 이사하기로 마음먹고 물건도 3분의 1쯤 처분했는데 아직도 정리가 다 끝나지 않았다. 그렇게 처분했는데도 아직 이렇게 많다니, 내 예상이 어긋났다.

이사하고 나서는 정리가 잘 된 깔끔한 집에서 독서와 뜨개질을 할 수 있을 거라고 생각했는데 현실은 전혀 달랐다. 이사 첫날부터 불필요한 물건들을 처분하느라 정신이 없다. 도대체 내가 뭘 하고 있는 건지 내가 봐도 한심하다. 방송 속 세 사람의 모습이 결코 남의 일이 아니었다. 이제 마음을 굳게 다잡는 것밖에 방법이 없다. 정리정돈이 잘된 집에서 새해를 맞이하기 위해, 나는 지금도 매일매일 쓰레기봉투를 손에 들고 불필요한 물건들을 처분하고 있다.

22

TV가 있는 생활로 돌아가다

아직은 볼 수 있다며 새집으로 가져온 낡은 TV가 끝내 고장이 나고야 말았다. 고장 난 그날 아침, 녹화해두었던 프로그램도 다 보았기 때문에 TV는 일단 끄고 컴퓨터를 켰다. 그러다 낮에 TV를 다시 켰는데 역시 나오지 않았다. 플러그를 뺐다가 다시 꽂고 IC 카드를 뺐다가 다시 넣기도 하며 여러 번 재부팅하려고 했으나 아무리 해도 화면이 나오지 않았다. 그렇게 저녁까지 시도했는데 상황은 마찬가지였다. 구입한 지 10년이 넘었으니 수명이 다한 것일까.

옛날 브라운관 TV는 잘 나오지 않다가도 두드리거나 흔들면 다시 나오곤 했는데 액정 TV는 그렇지 않다. TV가 고장 나도 새 TV를 구입할 생각이 없었기 때문에 이제 TV의 역할은 끝났다는 생각에 집에 있던 천으로 TV를 덮었다. 왠지 방안이 깔끔해진 느낌이 들었다.

평소에는 일을 하면서 라디오를 듣기 때문에 하루 중 TV 보는 시간은 그리 길지 않다. 그러나 내 인생에서 TV가 없었던 적은 없었기 때문에 고장 난 걸 알면서도 습관적으로 리모컨 스위치를 켜려고 했다. 그리고는 곧바로 "아, 이제 TV는 못 보지"라며 리모컨을 놓았다. 이런 일이 서너 번이나 계속되었다.

즐겨보던 프로그램은 인터넷으로 찾아서 볼 수 있으니 전부는 아니어도 대부분은 볼 수 있었다. 인터넷으로 보니 오히려 다른 지역 프로그램이나 옛날 프로그램도 볼 수 있어서 좋았다. 오래전 즐겨 봤던 프로그램이나 지금까지는 못 봤던 프로그램을 시청하고 있으려니 더 이상 TV는 필요 없겠다는 생각이 들었다.

그렇게 보름 정도 지났을까. 문득 갖고 있던 블루레이나 DVD는 어떻게 해야 하나 고민되었다. 컴퓨터로 보려고 앱을 설치하고 이것저것 시도해봤는데 생각처럼 잘 되지 않았다. 조금만 더 노력하면 어떻게든 될 것 같기도 했지만, 컴퓨터로 일을 해야 하는 나로서는 무리해서 이것저것 만지다가 문제라도 생기면 곤란하기 때문에 더 이상 시도하지 않았다. 지금 수중에 있는 블루레이와 DVD는 이사하기 전에 고르고 고른 것들이어서 나에게는 무척 소중하다. 이걸 계속 보관해둬야 할지 고민스러웠다. TV 대신 프로젝터를 사는 방법도 있긴 하지만 사봤자 컴퓨터보다도 더 잘 다루지 못할 것 같아 포기했다.

그래서 좋아하는 방송을 인터넷으로 골라 보고 있었는데 이런 상황이 되니 컴퓨터 앞에 앉아 있는 시간이 너무 길어졌다. 지금까지는 저녁에 일을 마치면 되도록 컴퓨터는 멀리했다. 저녁밥을 해 먹고 TV를 보다가 목욕을 하고, 목욕 후 보고 싶은 프로그램이 있으면 TV를 보고 듣고 싶은 게 있으면 라디오를 듣는 식이었다. 대개 목욕을 하고 1시간에서 1시간 반이 지나면 잠자리에 들었다. 하지만 TV가 고장 난 뒤로는 계속 컴퓨터의 전원을 켜두었다. 인터넷이 유선으로 연결된 상태라 방에서 편히 모니터를 볼 수 있는 건 아니고, 방송을 보려면 컴퓨터 앞에 앉아야만 했다. 수십 년 동안 컴퓨터 앞에 앉아있는 건 일 때문이었는데, 이렇게 되고 보니 일과 사생활의 구분이 어려워졌다고 할까, 키보드를 치는 건 아니어도 컴퓨터 앞에 앉아 있으니 왠지 일에서 해방된 기분이 들지 않았다.

컴퓨터로 방송을 보면 TV가 따로 필요가 없지만 내 안에서 기분 전환이 잘 되지 않았다. 그래서 작고 저렴한 TV는 없는지 가전제품을 파는 사이트를 검색해보았다. 요즘은 TV가 대형화돼서 친구 집에 가면 벽면의 절반 이상을 차지하도록 설치되어있는데, 무슨 커다란 간판 앞에 있는 듯한 느낌이 들었다. 가전제품 사이트에서도 주로 팔고 있는 것도 대형 TV들뿐이었다. 그중 4K, 8K가 가장 인기가 많다고 나와 있는데 4K, 8K가 뭘 뜻하는 건지 전혀 모르겠다.

고장 난 TV와 같은 모델의 26인치가 익숙해서 찾아보니 아쉽게도 그 모델은 단종된 상태였다. 같은 제조사에서는 소형 제품은 팔지 않아 다른 제조사 제품을 보았더니 19인치 TV가 있었다. 가격은 3만5천 엔이었다.

'TV가 이렇게 저렴했나' 싶어 놀라웠지만, 액정이고 소형이면 지금 이런 TV를 찾는 사람은 거의 없을 테니 가격이 더 내려갔을지도 모른다. 게다가 무게가 3kg이니 손에 들고 온 집안을 돌아다닐 수도 있겠다. 'TV가 그렇게 가벼웠나' 또 한 번 놀랐다.

그날은 물건을 또 하나 늘리게 되나 싶어서 구입하지 않았다. 그러다 열흘 뒤 다시 그 사이트에 들어가 보니 가격이 무려 1만엔 가까이 떨어져 있었다. 유명한 제조회사의 2021년산 TV가 2만 엔대였다. 프로젝터를 사는 것보다 훨씬 저렴해서 구입하기로 했다. 스펙을 확인해보니 여기엔 고장 난 TV에 장착되어있던 블루레이 재생 시스템이 내장되어있지 않았다. 별도의 외장 기기가 필요하다는 말이 된다.

'그렇구나, 그래서 싼 거구나'

그제야 이해가 됐다. 할 수 없이 TV와 함께 블루레이 레코더도 구입했다. 이 두 대로 겨우 TV 한 대 값이 되었다. 가전제품은 가격이 비싸다는 게 어릴 때부터 머릿속에 각인되어있어서 가격이 너무 싸면 믿어도 되는 건지 오히려 불안하다. 그러나 싸게 살 수 있어서 다행이라고 생각하며 천으로 덮어두었던 TV를 재활용품 수거 장소에 내놓았다. 나간 김에 현관에서 택배를 기다렸다.

TV는 내가 지정한 시간에 정확히 우리 집에 배달됐다. 현관에서 택배원으로부터 상자를 직접 건네받았는데, 상자의 크기와 가벼움에 다시 한번 놀랐다. TV보다 오히려 블루레이 레코더가 더 무거웠다. 내부에 여러 시스템이 들어가 있어서 그럴 것이다. 상자에서 꺼내보니, 지금 내가 쓰고 있는 노트북 화면보다 약간 큰 TV가 나왔다. 같이 들어있던 스탠드에 TV를 설치하고 안테나를 연결한 뒤 손톱만큼 작아진 미니 IC 카드를 넣고 리모컨을 켜자 곧바로 영상이 나왔다. 전에 쓰던 TV는 화면이 나올 때까지 시간이 걸렸는데 새 TV는 바로 화면이 나왔다. 그 이유를 동네 전기재료상에서 물어보니 예전 TV에는 블루레이용 시스템이 내장되어있기 때문이라고 했다. 새 TV는 아무것도 없는 간단한 구조라서 전원을 켜자마자 바로 화면이 나온 것이다.

다음은 레코더다. 이것도 IC 카드를 넣고 TV와 연결해봤는데 상태가 이상했다. 왜 그럴까 곰곰이 생각해보니 레코더에는 IC 카드가 필요 없고 단순히 블루레이나 DVD 화면이 나오는 TV와 연결만 하면 되지 않을까 싶었다. 그래서 카드를 뽑고 단순하게 HDMI 케이블로 TV와 연결하니 무사히 블루레이 디스크를 볼 수 있게 되었다. 하나의 리모컨으로 TV와 레코더 두 기기를 조작하면 더 편리하겠지만 내가 혼자서 연결할 수 있는 건 여기까지였다. 물론 각각의 기능을 숙지하고 있는 건 아니다.

요즘 기기는 옛날과 달리 아주 친절하게 무엇과 무엇을 연결하면 되는지 본체에 표시되어있다. 그걸 보고 천천히 따라하면 나 같은 중년 여성도 할 수 있다. 젊은 시절, 컴포넌트 스테레오나 레이저 디스크 플레이어, 비디오 레코더 같은 걸 머리를 싸매가며 연결했던 것에 비하면 정말 많이 편해졌다. 그러나 나는 사용설명서를 읽지 않고 일단 본체의 표시만 보고 "이런 건가?" 하면서 혼자서 연결하기 때문에 제대로 연결이 되었는지 어떤지는 알 수 없다.

지금까지 수십 년 동안 이런 식으로 연결을 했는데도 기기는 정상적으로 작동했고 본체에서 불이 나거나 하는 문제는 없었다. 케이블의 모양이 맞을 것 같은 것끼리 찾아 적당히 연결하면 대부분 다 됐다. 한 번에 안 되면 모양이 맞을 것 같은 다른 곳을 찾아 연결하면 된다.

TV가 고장 난 지 3주가 흐른 뒤 다시 TV가 있는 생활로 돌아왔다. TV 받침대는 처분해버려서 좌식 테이블 위에 TV를 올려놓고 있다. 전에 쓰던 TV는 크기가 잘 맞았는데 새 TV는 너무 작아서 바닥에 앉아서 봐야 하는 게 좀 다르다.

그래도 역시 새 제품이라 화면이 깨끗하다. 보는 데는 전혀 지장이 없다. 간판만큼 커다란 TV는 우리 집에는 필요 없고 이 크기로도 충분하다. 물론 실물과 비슷하거나 실물 이상의 크기로 볼 수 있다면 생동감은 있을 것이다. 우리 집 TV는 무엇이든 아주 작게 보이지만 그것 또한 좋다. 스마트폰으로 동영상을 보는 것보다 낫지 않을까 싶다.

지금까지는 녹화해둔 방송을 나중에 오래도록 보고 싶으면 블루레이 디스크에 따로 저장하곤 했다. 그러나 갑자기 TV가 고장 나는 바람에 녹화만 한 채 보지도 못하고 날아간 프로그램도 몇 개 있다. TV가 낡아서 언제 망가질지 알 수 없는 상황이라 녹화한 것은 우선 모두 다 디스크에 저장했다가 나중에 취사 선택하려고 했다. 하지만 시간 날 때 하려고 디스크에 저장하는 걸 미뤄뒀던 게 잘못이었다. 제목이 마음에 들어서 녹화해둔 것도 많았는데 모두 날려버렸다. 어쩌면 나에게는 필요 없는 프로그램이었을 수도 있고, 필요하다면 언젠가 볼 수 있을 것이라고 생각하기로 했다.

TV가 없을 때는 저녁 7시부터 8시 반 정도 시간대에 인터넷으로 TV 방송을 보았다. 인터넷 TV를 어떻게 무료로 볼 수 있는지 궁금했는데, 중간중간 나오는 광고 때문에 가능하다는 걸 알았다. 새 TV가 생기고 나서도 인터넷으로 보던 때와 같은 시간에 TV를 보고 있다. 지금도 여전히 관심 있는 프로그램은 녹화해두었다가 다시 보곤 한다. 물론 인터넷으로 다시 보기가 가능한 프로그램은 녹화하지 않는다.

이제 나의 미디어 기기에는 라디오와 인터넷 그리고 새 TV가 추가되었다. 라디오와 인터넷만 있을 때는 그렇지 않았는데 TV를 보기 시작하자 눈이 엄청 피곤해졌다. TV 시청 시간은 컴퓨터 사용 시간과 거의 같은데 TV가 훨씬 더 눈이 피곤하다. 이유는 모르겠다.

눈이 가장 편한 건, 당연한 말이지만 눈을 쓰지 않고 하루 종일 라디오만 듣는 것이다. 일어나자마자 클래식을 듣고 중간중간 뉴스와 예능, 록이나 팝 음악을 들고 있는데, 그로 인해 귀가 피곤해졌는지는 알 수 없다. 밝기 설정을 제대로 했는데도 TV를 다시 보니 이렇게 눈이 피곤할 줄 상상도 못 했다. 눈을 위해서는 TV를 많이 보지 않는 게 좋지만, TV가 아니면 얻을 수 없는 것도 있다. 앞으로 나이가 들어갈수록 시력도 점점 나빠질 텐데 앞으로는 라디오를 더 많이 듣고 인터넷 방송이나 TV, 블루레이 디스크는 적당히 즐기는 게 좋겠다는 생각을 한다.

오늘은 이렇게 보냈습니다

지은이 무레 요코
옮긴이 손민수

책임 편집 김민주 **디자인** 이재원
인쇄 금강인쇄

초판 인쇄 2023년 3월 13일
초판 발행 2023년 3월 20일

펴낸이 이진희
펴낸곳 (주)리스컴
주소 서울시 강남구 테헤란로64길 13, 풍림아이원레몬 오피스 1201호
대표번호 02-540-5192 **영업부** 02-540-5193
편집부 02-544-5194 **FAX** 02-540-5194
등록 제2-3348호

ISBN 979-11-5616-294-0 03830

잘못된 책은 바꾸어 드립니다.
책값은 뒤표지에 있습니다.